JOSEPH O'NEILL

GUTER ÄRGER

Storys

Aus dem Englischen von

Nikolaus Stingl

ROWOHLT

Die Originalausgabe erschien
2018 unter dem Titel «Good Trouble» bei
Pantheon Books, New York.

Deutsche Erstausgabe
Veröffentlicht im Rowohlt Verlag,
Hamburg, Januar 2021
Copyright © 2021 by Rowohlt Verlag GmbH, Hamburg
«Good Trouble» Copyright © 2018 by Joseph O'Neill
Satz aus der Swift
Gesamtherstellung
CPI books GmbH, Leck, Germany
ISBN 978-3-498-05047-4

Für Gill Coleridge und
David McCormick

INHALT

BEGNADIGT EDWARD SNOWDEN

D er Dichter Mark McCain bekam eine an zahlreiche amerikanische Dichter verschickte E-Mail, die ihn aufforderte, eine «Poetition» zu unterschreiben, mit der Präsident Barack Obama gebeten wurde, Edward Snowden zu begnadigen. Die Bitte erfolgte in Form eines Gedichts, das Merrill Jensen verfasst hatte, ein Autor, der, wie Mark wusste, achtundzwanzig Jahre alt war, also ganze neun Jahre jünger als er selbst. In der poetisierten Petition reimte sich «Snowden» auf «am Boden». Und «am Boden» auf «Methoden». Und «Methoden» auf «verboten». Und «verboten» auf «Despoten». Außerdem bestand ein Reim – oder, wie Mark es eher formuliert hätte, ein Widerhall – zwischen «Putin» und «gut schien» sowie «Clinton» und «überwinden». «Russland» fand zumindest einen inhaltlichen Widerhall in «USA», «USA» in «Thoreau» und «Thoreau» einen lautlichen in «Heroe».

Mark leitete die E-Mail an die Dichterin E. W. West weiter. Er schrieb dazu:

Spinne ich, weil mich das wütend macht?

Liz schrieb binnen Sekunden zurück:

Nein.

Sie verabredeten sich für den Nachmittag auf einen Kaffee.

Zur Vorbereitung auf das Treffen versuchte Mark, seine Gedanken zu ordnen. Sein erster Einwand war natürlich, dass schon die Vorstellung eines Gedichts als Petition verfehlt war. Ein Gedicht war in erster Linie ein *Ding an sich*. Es war definitiv keine Erklärung, die sich auf eine einzige politisch-humanitäre Forderung verkürzen ließ. Dass eine zustimmende Menge oder Masse von Menschen ein Gedicht unterschrieb, erschien wenig sinnvoll: Einem Gedicht konnte man ebenso wenig zustimmen wie einem Baum, sogar wenn man es selbst verfasst hatte. Die Unterzeichner der Poetition würden natürlich argumentieren, dass sie sich dem Petitionsgehalt des Textes anschlössen, nicht seinen formalen Eigenschaften; ohnehin sei die Dichtkunst ein Lichtschwert, das seine Scheide verzehre. Doch selbst wenn man das alles zugestehe, hielt Mark ihnen gedanklich entgegen, warum verfasse man dann eine Petition nicht einfach in Form einer Petition? Warum das Gedicht in den Schmutz ziehen? Weil, könnten die Unterzeichner erwidern, eine in Versform gebrachte Petition wahrscheinlich mehr Aufmerksamkeit errege und wirkungsvoller sei als die Alternative. Worauf Mark antworten würde: Der Nutzen von Gedichten liegt nicht in der –

Er verspürte ein vertrautes dialektisches Schwindelgefühl. Er machte sich auf den Weg zu seiner Bekannten, obwohl das bedeutete, dass er zwanzig Minuten zu früh da sein würde.

Liz wartete schon auf ihn, als er ankam.

Sie umarmten sich. Sobald sie sich gesetzt hatten, fragte Liz: «Und, wirst du unterschreiben?»

Mark sagte: «Ich weiß nicht. Und du?»

Liz sagte: «Nicht mein Problem. Niemand hat mich dazu aufgefordert.»

Mark hielt inne. Das war eine Komplikation, die er hätte voraussehen müssen. Mit übertriebener Bitterkeit sagte er: «Sie werden dich schon noch einspannen.»

«Im Januar habe ich zusammen mit Merrill eine Lesung gemacht», sinnierte Liz.

Mark war bei dem Ereignis dabei gewesen, wie Liz sehr wohl wusste. «Er hat mir leidgetan», sagte er zu ihr. «Du hast ihn wirklich vorgeführt. Natürlich ohne es zu wollen.» Er fuhr fort: «Schau, meiner Meinung nach ist die ganze Sache chaotisch. Im Grunde ballern sie aufs Geratewohl E-Mails raus. Und ich glaube nicht, dass Merrill ein rachsüchtiger Kleingeist ist. Ganz im Gegenteil. Ich glaube, er hat das Herz auf dem rechten Fleck. Mehr oder weniger. Aber weißt du was? Ich könnte mich auch irren. Offenbar liegt ihm ja an einer bestimmten Art von Erfolg.» An dieser Stelle ließ Mark es gut sein, und er war froh darum, obwohl er Merrill Jensen nicht leiden konnte. Wenn er über einen Kollegen herzog, und sei es aus noch so berechtigten Gründen, bereute er es jedes Mal. (Seltsam, welch erschöpfender Aufwand an Taktgefühl erforderlich war, um durch den Tag zu kommen, ohne über einen anderen Dichter herzuziehen.) In diesem Fall, fand er, hatte er Merrill Jensen nicht den Wölfen zum Fraß vorgeworfen. Er hatte ihn nur niedergemacht, um Solidarität mit Liz zu bekunden, nicht mehr als das.

Liz bezweifelte, dass Merrill sie übergangen hatte, weil er bei der gemeinsamen Lesung von ihr vorgeführt worden war; höchstwahrscheinlich hatte er seiner Erinnerung nach *sie* vorgeführt. Nein, sie war übergangen worden, weil sie eine Frau war. Jedes Mal, wenn es darum ging, Stellung zu beziehen und die Aufmerksamkeit der Öffentlichkeit zu ertragen, gockelten und quäkten sich die Pfauen en masse in den Vordergrund und sonnten sich in ihrem idiotischen Glanz.

Sie entschloss sich zu sagen: «Wir brauchen Leute wie Merrill. Irgendwem muss daran liegen, prominent zu sein. Sonst würden wir alle verschwinden.»

Mark sagte: «Dylan ist bestimmt angesprochen worden.»

Liz lachte. Der Literaturnobelpreis für den Sänger hatte sie geärgert, ja. Schließlich war Literatur Lesestoff, und Dylans Texte waren größtenteils nicht lesbar – und ohne die Musik nicht einmal anhörbar. Sogar seine angeblich besten Sachen würden verrissen werden, wenn man sie dem Lyrikpraktikum vorlegte, das Liz jeden Dienstag unterrichtete, und zwar nicht nur wegen seiner wortreichen, klischeehaften, hyperaktiven Gestaltung, sondern auch – und noch grundsätzlicher – wegen der Persona des Propheten, die der Sänger so gerne aufbot, ein Kunstgriff, der in einem Popsong wunderbar funktionierte, auf Papier jedoch wie eine Masche wirkte. Abgesehen davon hatte Liz die Nachricht nicht als persönlichen Schlag empfunden. Mark jedoch war wie zahlreiche Männer der Feder, die sie kannte, regelrecht niedergeschmettert gewesen. Zwei Tage lang hatte er es nicht über sich gebracht, seine Wohnung zu verlassen oder auch nur auf Facebook zu posten. Erst nach dieser Trauerzeit war er imstande gewesen, mit Liz darüber zu sprechen, und zwar an ebendem Tisch, an dem sie auch jetzt saßen. Bei diesem Treffen offenbarte Mark, dass er sich am Abend zuvor dabei ertappt habe, wie er an den Siebzehnjährigen zurückdachte, der beim Durchstreifen der Leihbücherei von Forsyth, Missouri, unerklärlicherweise eine zerfledderte Norton Anthology durchblättert und sich zum ersten Mal wirklich dem geheimnisvollen Wortantlitz eines Gedichts gegenübergesehen hatte. Er erinnerte sich noch daran, welches Gedicht so auf ihn gewirkt hatte – komischerweise «Erwachen» von Roethke. *Schöpf also die lebend'ge Luft, / Und, Liebste, lern beim Geh'n, wohin es geht,* trug er Liz vor. Und in diesem Augenblick habe er sich zu einer herrlichen, ahnungslosen Reise durch die Sprache aufgemacht und sich jahrelang kein einziges Mal einsam oder auch nur eigenartig gefühlt, denn er habe, sagte er zu Liz, jederzeit den Windhauch gespürt, dank dessen die Gedichte, die er lesen und schreiben würde, Anerkennung fänden und sicher auf Höhe gehalten würden, und die Luft der Kultur sei voller solcher Windhauche und Gedichte gewesen. Ja, sagte Liz, ich weiß genau, was du meinst. Bei mir war es Frank O'Hara, sagte sie. Welches?, fragte Mark. «Tiere», sagte Liz, worauf Mark erwiderte: *Wir brauchten keine Tachometer, aus Eis und Wasser brachten wir Cocktails zustande,* und Liz hätte ihn am liebsten umarmt. Das Blöde ist, fuhr Mark fort, dass es so verdammt schwer ist, den Glauben zu behalten. Und es gibt so vieles, woran man glauben muss. Kannst du das nachvollziehen? Ja, sagte Liz. Mark sagte: Man wird sich bewusst, dass das, was man tut, fast nichts ist. Dass es nur ein paar Atome vom Nichts entfernt ist. Und jetzt, angesichts dieses Skandals, habe ich das Gefühl, dass das, was wir tun, tatsächlich nichts ist. Ich habe das Gefühl, es ist offiziell nichts. Liz erkannte, dass Mark eigentlich vorgehabt hatte, noch mehr zu sagen, aber zu aufgewühlt war, um sprechen zu können. Liz, sie nennen ihn einen Dichter, brachte er schließlich heraus. Weißt du das? Sie nennen ihn nicht Romancier. Sie nennen ihn auch nicht Songwriter. Sie behaupten, er wäre ein Dichter, Liz. Ich weiß, mein Lieber, hatte Liz gesagt.

«Sieht so aus, als nähme er die Auszeichnung nun doch an», stellte sie jetzt fest.

«Natürlich nimmt er sie an», sagte Mark. «Ein Kerl, der so eitel ist? Er hat die ganze Zeit vorgehabt, sie anzunehmen.»

Insgeheim, aber das verriet er Liz nicht, hatte er in den paar Wochen, in denen Dylan auf die Nachricht von der Zuerkennung des Preises nicht reagiert hatte, gehofft, der Sänger würde den schwedischen Clowns sagen, wohin sie sich die Auszeichnung stecken könnten; Bob wäre so redlich, anzuerkennen, dass ein hochgefeierter Multimillionär, der in Konzerten und außerliterarischem Kultstatus macht, nicht das gleiche Spiel spielt wie ein Autor, der sich in einer kleinen Universitätsstadt hinsetzt und ohne Aussicht auf bedeutenden finanziellen Ertrag versucht, sich eine Handvoll Worte einfallen zu lassen, die, wenn nichts dazwischenkommt, maximal hundertvierzig Leser finden, von denen vielleicht zweiundfünfzig sie richtig würdigen und vielleicht sechs sich beeinflussen lassen. Oder eher zwei. Einmal im Jahr warf ein von Stockholm ausgehender, kleiner Strahl der Ehre ein schwaches Licht auf die trüben Bemühungen solcher Autoren. Und nun war ihrer kleinen, dunklen Ecke des Himmels auch noch dieser Schimmer entzogen und wie Talmi in Bob Dylans persönliche Konstellation geworfen worden.

Die siderische Metaphorik bereitete Mark Unbehagen – Sterne waren fast immer kitschig, im Zusammenhang mit einem «Popstar» sogar doppelt kitschig –, aber er hatte nichts anderes. Sprache war ein schwieriges Geschäft. Und die Lyrik, hatte er immer gefunden, war Sprache in ihrer schwierigsten Form.

Diesen Standpunkt hatte er kürzlich seinem Freund Jarvis gegenüber geäußert, der mit kürzeren Prosaformen arbeitete. «Wirklich?», hatte Jarvis gesagt. «Lyrik ist schwierig, klar. Aber gute Prosa ist genauso schwierig, Mann.»

«Was Prosaautoren können, können Dichter im Allgemeinen auch», hatte Mark, leicht beschwipst, erklärt. «Aber der umgekehrte Fall? Nicht so häufig.»

Einen Tag später bekam er eine E-Mail von Jarvis mit einem angehängten Gedicht:

PILLEPALLE

Dass das, was ist,
So bleibt, wie's ist, das Ganze, liegt, scheint's, an Physik, was immer
Das ist. Mal sehen: fix fließender Fluss, Lethe, *l'été* vielleicht,
Viel laicht.
Jeder Frisson, alles, was

> Leicht fleucht. Das Feuchte. Das Fleisch.

Er leitete es an Liz weiter:

> Was meinst du?

Sie schrieb zurück:

> Toll, dass du wieder schreibst! Das ist gut – das Beste, was du
> seit einer ganzen Weile gemacht hast. So mühelos. «Physik»
> und «fix» ist eine Freude. Und glaub ja nicht, ich hätte das darin
> versteckte «ich» nicht bemerkt. In einem Gedicht, das in Ma-
> terialismus ertrinkt, ist das einfach eine kluge, spielerische Art,
> die Frage der Subjektivität aufzuwerfen.

Mark meldete sich nicht bei Liz. So wenig wie bei Jarvis.

Was den Nobelpreis für Dylan anging, sagte Liz: «Es ist de-
primierend. Ich kann es nicht getrennt vom Phänomen Trump
sehen.»

Es war eine Woche vor den Wahlen.

«Ja», sagte Mark. «Und auch nicht vom Hyperkapitalismus.
Der Leser als Konsument. Eine interessante Frage.»

Dass er bereits über diese Frage geschrieben hatte, hielt er
sogar vor Liz geheim. Es war ein Geheimnis, weil das, was er
geschrieben hatte, kein Gedicht war. Seit einigen Monaten
arbeitete er heimlich und ausschließlich an einer Reihe von
Prosaüberlegungen, die er «pensées» nannte.

Wie leicht *pensées* von der Hand gingen! Das Schwierigste
am Verfassen eines Gedichts war Marks Auffassung nach, sich
über die Beziehung des Textes zu dessen eigenem Wissen klar-
zuwerden, darüber, «welchen Anspruch das Gedicht darauf
hat, etwas zu sagen», um aus Liz' einzigem in eine Anthologie

eingegangenen Werk zu zitieren. Bei einer *pensée* stellte sich ein solches Problem nicht: Man schrieb als Alleswisser. Offenbar – und hier waren Nietzsche, Cioran und vor allem Adorno Marks Meister – bestand der Trick darin, sämtliche erkenntnistheoretischen Schwierigkeiten schlicht beiseitezuschieben und mit Volldampf ins Reich von Behauptung, Meinung und Emphase einzulaufen. Mann, tat das gut. Mit großem Gusto hatte Mark bezüglich des Lesers im Hyperkapitalismus Folgendes aus dem Ärmel geschüttelt:

> Eine auf Klassenzugehörigkeit beruhende *Unterwürfigkeit* verflüchtigt sich zu Recht, doch angemessene *Hochachtung* – vor Sachverstand, Rationalität und sogar Fakten – verschwindet ebenfalls.
>
> Das ist die Folge eines Zustandes, in dem die eigene Autonomie vorwiegend in der Freiheit, zu konsumieren, besteht. Die objektiven Realitäten werden in Augenschein genommen wie Äpfel im Supermarkt und nur dann akzeptiert, wenn man Gefallen daran findet. Wenn nicht, reicht es nicht aus, den Apfel lediglich zurückzuweisen. Der Apfelbaum selbst muss gefällt werden. Und dann der Obstgarten. Die Hölle selbst kann nicht so wüten wie ein in seiner Bequemlichkeit gestörter Konsument.
>
> Auf diese Weise wird Einkaufen mit Widerstand verwechselt; es herrscht ein unechter Egalitarismus; eine bösartige Mittelmäßigkeit setzt sich durch. Wir erleben die Rückkehr der *tricoteuses*, die nicht mit Nadeln, sondern mit Touchpads klappern. Muss man noch hinzufügen, dass das Gedicht zu den Ersten gehört, die man zur Guillotine schleifen wird?

Wer hätte geahnt, dass es solchen Spaß machte, dieses Zeug zu schreiben? Am meisten Spaß machte die Stimme – zugleich pedantisch und eindringlich, dazu merkwürdig alt und verzärtelt. Es war die Stimme des leicht erregbaren mitteleuropäischen

Professors mit einer Ehefrau, deren wichtigstes häusliches Projekt darin besteht, sicherzustellen, dass ihr Gatte in seinem Arbeitszimmer Ruhe und Frieden genießt.

Mark hatte seit sechs Jahren keine Ehefrau und kein Arbeitszimmer mehr. Liz und er waren sich im Zuge seiner chaotischen Scheidung nähergekommen, als er Hörner aufgesetzt bekam und aus seinem Haus flog. Wie er zu seinem gelinden Entsetzen feststellte, waren seine männlichen Bekannten untaugliche, indiskrete und grotesk erbarmungslose Vertraute. Liz hörte ihm verständnisvoll – und auch ehrlich – zu. Als er zu ihr sagte: Ich bin auf dem falschen Fuß erwischt worden, sagte sie: Ja, vielleicht, und er sagte: Was soll das heißen, vielleicht?, und sie sagte: Footballspieler werden auf dem falschen Fuß erwischt. Du bist nicht auf dem falschen Fuß erwischt worden. Du warst kurzsichtig.

Liz' Kritik an Marks Lyrik war ebenso einfühlsam und geradeheraus, und dafür war er sehr dankbar und revanchierte sich gern. Ihre Arbeit war nicht so ganz sein Fall – sie war ein bisschen zu akademisch und sexuell –, aber ihre Intelligenz und Sorgfalt standen außer Frage. Jedenfalls misstraute Mark seiner eigenen Arbeit; er befürchtete, damit in einer Sackgasse gelandet zu sein, in der es, wie er einmal Liz gegenüber bemerkt hatte, von den Ratten des Ressentiments wimmelte. Und von den Katzen der Konfusion, meinte Liz. Ganz zu schweigen von den Hunden der Hoffnungslosigkeit.

Wenn Mark sie überhaupt beneidete, dann wegen des wachsenden Ansehens, das E. W. West als Autorin genoss, die das Gefüge von Geschlechterrollen und Sexualität erschütterte. Aber es war nicht Liz' Schuld, dass ihre biologisch und kulturell bedingten homoerotischen Neigungen gerade en vogue waren, und man konnte ihr auch schlecht zum Vorwurf machen, dass sie in großbürgerlichem Luxus auf der Upper West Side von New York aufgewachsen war. (Mark gegenüber beklagte sie sich häufig darüber, dass sie in Virginia gelandet war, ein Ortswechsel, den sie, wie jeder Leser ihrer «Sappho auf Sizilien» rasch begriff, als Exil erlebte.) Er machte Liz auch nicht zum Vorwurf, dass sie – eine verschwiegene Komplikation ihres biographischen Profils – zum ersten Mal eine Liebesbeziehung zu einem Mann hatte. Er hieß Pickett, offenbar als Hommage an Wilson Pickett. Benannte eigentlich noch irgendwer seine Kinder nach Dichtern? Mark bezweifelte, dass dort draußen in der Welt jemals ein Kind McCain genannt worden war. Und wenn doch, so wäre es mit Sicherheit nach dem politischen Windhund John McCain benannt worden. Von diesem Echo fühlte sich Mark seit langem diffamiert.

> Jedes Wort ist ein Vorurteil, wie Nietzsche bekanntlich betont. Man könnte hinzufügen: Jedes Wort *schafft* ein Vorurteil. Das gilt nirgendwo so sehr wie im Reich der Namen. Der Name eines Menschen ist von seinem guten Namen nicht zu trennen.

Ihm lag sehr viel an Liz, und er war ihr größter Fan und Cheerleader. Dass man wegen der Snowden-Poetition nicht an sie herangetreten war, tat ihm leid.

«Also, was soll ich machen?», fragte er sie. «Unterzeichnen? Das Ding umschreiben?»

«Ah», sagte Liz. «Das Dilemma des Patriarchen.»

Mark bemühte sich um ein mitfühlendes Lächeln. Er sah, dass Liz sauer und gekränkt war, und das aus gutem Grund. Die problematische Lage der Frauen war nicht zu unterschätzen – nicht, dass Liz Gefahr lief, diesen Irrtum zu begehen. In ihrem jüngsten Sonett war das Wort «Mandat» durch den Neologismus «Fraudat» verdrängt worden. Jetzt war Liz, wie sie gern sagte, ladygepisst. Mark hatte dafür volles Verständnis.

Doch einstweilen hatte er sein eigenes Problem, und es juckte ihn, dem Problem in Schriftform nachzugehen. Sie waren mit Kaffeetrinken fertig. Es war Zeit zu gehen.

Die beiden Freunde traten vor die Tür. Es war ein schöner Novembernachmittag. Sie umarmten einander und gingen ihrer getrennten Wege.

Sobald er in seine Wohnung zurückgekehrt war, schrieb er:

> Wir schreiben Bertrand Russell die Vorstellung zu, dass es für Bürger einer Demokratie von äußerster Wichtigkeit sei, Immunität gegen Beredsamkeit zu erlangen. Wir sind neugierig auf diese Vorstellung, weil Stevens es war. Und dank Denis Donoghue verbinden wir Russells Aussage mit der folgenden von Locke: «Doch möchte ich erwähnen, dass für die Bewachung und Vermehrung der Wahrheit und Wissenschaft wenig gesorgt wird, seitdem die Künste der Falschheit gepflegt und geehrt werden.»
>
> Wenn wir Russells Worten einen lediglich vorläufigen Wert zubilligen, so können wir fragen: Was ist eine in Verse gefasste Petition anderes als falsche Beredsamkeit? Was ist die Lyrik, wenn nicht eine Entgegnung auf die Kräfte der Falschheit? Was sind diese Kräfte anderes als die Sprache der Macht?

Mark überlegte, ob er erklären sollte, dass Locke mit «Falschheit» «Täuschung» meinte. Er entschied sich dagegen. Der Leser würde von selbst darauf kommen.

Nicht zum ersten Mal fragte sich Mark, wer dieser gedachte Leser war. Er war noch nie, noch kein einziges Mal, einer neutralen Person begegnet, die auch nur von seinen Gedichten gehört, geschweige denn irgendeines davon gelesen hatte. Vielleicht würden seine *pensées* ihm einen Leser gewinnen, den er physisch berühren könnte.

Er verspürte eine kleine Welle von Übelkeit. Das Gefühl

hatte eine gewisse etymologische Berechtigung: Er hatte das Schiff gewechselt. Doch was war die Alternative? Nichts zu schreiben? Es war Monate her, dass er ein Wort Lyrik produziert oder auch nur Lust dazu gehabt hatte.

Mark schrieb:

> Wie wenig ich das Schreiben, richtig aufgefasst, mit der Erzeugung von Geschriebenem assoziiere. Je mehr jemand schreibt, desto mehr misstraue ich seiner Qualifikation – als hätte dieser Mensch seine eigentliche Berufung zugunsten des trügerischen Unterfangens, Worte auf die Seite zu setzen, vernachlässigt.

Dann:

> Manchmal setze ich mich hin, um zu schreiben, und spüre das innere Vorhandensein von … bösem Glauben. Deshalb sehe ich vom Schreiben ab. Was, andererseits, hieße es, in gutem Glauben zu schreiben? Das klingt noch suspekter.

Er aß ein Käsesandwich mit Senf und Olivenöl. Das war sein Abendessen. Er ging zu seinem Lehnstuhl. Er schrieb:

> Es wird allgemein angenommen, dass der Schriftsteller zuvörderst der Sprache verpflichtet sei. Das stimmt nicht. Der Schriftsteller ist zuvörderst dem Schweigen verpflichtet.

Inzwischen war es draußen dunkel. Normalerweise würde der Dichter ein Buch lesen, doch heute Abend fehlte es ihm dazu am Nötigsten. Er machte eine Dose Bier auf und ging online. Eine Zeitlang hüpfte er von Seite zu Seite. Alles drehte sich entweder um die Wahlen oder nicht um die Wahlen. Er checkte seine E-Mails. Nichts Neues. Dann ging er auf Facebook, dann hüpfte er wieder durchs Internet. Er ertappte sich dabei, dass er ohne Interesse, aber mit großer Aufmerksamkeit etwas über Dattelpflaumenfarmer in Florida las. Er checkte abermals seine E-Mails. Hallo, Merrill hatte ihm erneut geschrieben.

Eigentlich hatte Merrill sich selbst geschrieben – Mark war in BCC gesetzt worden. Die E-Mail lieferte «spannende Neuigkeiten»: Es seien Gelder bereitgestellt worden (von wem, sagte Merrill nicht), mit denen für die Poetition eine halbe Seite in der *Times* finanziert werden könne. Das wird etwas bewegen, stellte Merrill fest.

Marks Reaktion umfasste drei Gedanken. Erstens: «Etwas bewegen?» Zweitens: Was für ein Gauner Merrill Jensen war. Was für ein Maestro der Falschheit. Mark wusste mit Sicherheit, dass Merrill nicht nur Bob Dylans Texte nicht mochte, sondern auch dessen Songs, die er Mark gegenüber – der sie mochte – einmal spöttisch als «Musik für alte Säcke» bezeichnet hatte. Doch kaum wurde der Nobelpreisträger bekanntgegeben, stand der Scheißkerl auch schon an der Spitze der Gratulanten und Befürworter und behauptete, Bob Dylan sei ein nicht anerkannter Gesetzgeber der Welt; ergo sei er ein Dichter. Mark hätte kotzen können: die in ihrer Unehrlichkeit so rechtspopulistische Pseudologik; und die große Lüge, dass es Dylan irgendwie an Anerkennung fehle. Die große Wahrheit – nicht, dass irgendwer sie auszusprechen wagte – war, dass Shelleys Diktum umformuliert werden musste. Dichter waren die nicht anerkannten Dichter der Welt.

Hätte Mark – was nicht der Fall war – zu den unzähligen Schriftstellern gehört, die von den Medien um eine Stellungnahme zu der Preisverleihung gebeten wurden, so wäre er für seine Versgenossen in die Bresche gesprungen. Er wäre den zornigen Online-Barbaren entgegengetreten, die jeden vermeintlichen Dylan-Gegner niedermachten. (Ihre Lieblingsschmähung bestand bezeichnenderweise darin, einem vorzuwerfen, man sei ein «Niemand».) Er hätte festgestellt:

> Den Status des Dichters trägt man nicht wie eines jener schönen Festgewänder, das die Empfänger von Ehrentiteln einen einzigen sonnigen, glorreichen Nachmittag lang zur Schau stellen. Nicht einmal Bob Dylan. Wenn es überhaupt so etwas wie ein Dichterkleid gibt, dann ist es ein Plastikponcho zu 4 Dollar 99: zu Modezwecken nicht zu gebrauchen, aber nützlich bei Regen und Kälte. Und in einem Notfall.

Sein dritter Gedanke zur E-Mail von Merrill war, dass sein Name noch nie in der *Times* erschienen war und dass er das würde, wenn er die Poetition unterschriebe.

Seine Wohnung lag im zweiten Stock eines Hauses im viktorianischen Stil, das der Besitzer nur minimal instand hielt. Es gab ein Schlafzimmer und ein Wohnzimmer mit Küche, ausgestattet mit einem Lehnstuhl, einem Schreibtisch, einer Schreibtischlampe, einem kleinen Sofa und Bücherregalen, die zwei Wände komplett bedeckten. Kein Fernseher. Es gab zwei Fenster. Wenn Mark durch seine Wohnung tigern wollte, bestand seine einzige Möglichkeit darin, zu diesen Fenstern und wieder zurück zu gehen. Das tat er jetzt.

Es war ein Gang, den er schon Tausende von Malen gemacht hatte, und Tausende von Malen hatte er die mit Schindeln gedeckten Dächer der Häuser auf der anderen Straßenseite und hinter ihnen, im Gewerbegebiet der Stadt, zwei braune Glastürme betrachtet. Nachts konnte man jenseits des grellen Lichts der Straßenlaterne direkt vor dem Fenster nicht viel sehen. Und dennoch gab es offenbar ein unauslöschliches Bedürfnis, an eine Öffnung zu treten, die zwecks Licht- und Lufteinlass in eine Wand eingebaut worden war, und durch sie hinauszuschauen.

Dort unten führte irgendwer einen Hund aus. Das war ein Gedicht, gleich da unten: der Herr, die Leine, der fröhliche Hund etc. Aber dieses Gebiet war bereits abgedeckt. Da gab es zunächst einmal das Gedicht von Nemerov; und das von Heather McHugh mit einer der großartigsten Hundezeilen überhaupt – *Inspekteur von Zwickeln.* Ein Gedicht von Mark McCain hieße Wasser in ein Gefäß gießen, das schon voll war: überflüssig.

Er schaute weiter hinaus, was ebenfalls ein Gedicht war – ein Gedicht über die eigenartige Wahrnehmung dessen, der zum Fenster hinausstarrt. Das Gedicht würde für das Fenster leisten, was Theoretiker für die Schwelle geleistet hatten: Es würde der Vorstellung der Schwellenerfahrung die Vorstellung der Fenstererfahrung beigesellen. Er würde es nicht schreiben. Die automatische metaphorische Assoziativität von «Fenster» wäre einfach zu viel. Er könnte natürlich mit den Assoziationen spielen. Aber es gab doch bestimmt Besseres zu tun, als mit den Assoziationen von «Fenster» zu spielen.

Er kehrte zu seinem Stuhl zurück und schrieb in weniger als einer halben Stunde ein Gedicht, das von seiner vorherigen Arbeit abwich. Das Gedicht maskierte sich als Anmerkungen zu einem möglichen Gedicht. Es trug den Titel «Meditation darüber, was es heißt zu schreiben?» Es lautete wie folgt:

Problem: «Meditation darüber» ist ein Klischee.
«Was es heißt» ist ein Klischee.
Die bloße Vorstellung eines Problems, Doppelpunkt, ist ein Klischee.
«Die bloße Vorstellung» ist ein Klischee.
«Klischee» empfindet man als Klischee.
Genau wie «empfindet man».
Und «genau wie».
Dito Anführungszeichen.
Dito «dito».

Er schrieb Merrill nicht zurück. Er setzte seinen Namen nicht unter die Poetition.

Sobald er das alles nicht getan hatte, stand er vom Stuhl auf. Er ging nicht ans Fenster, sondern in den Bereich zwischen Stuhl und Sofa. Dort stand er, die Hände zu zitternden Fäusten geballt. Stumm und frohlockend brüllte er: Nie aufgeben. Nie aufhören, Widerstand zu leisten.

TRUSTED TRAVELER

Seit fast zehn Jahren bekommen Chris und ich einmal im Jahr Besuch von einem meiner ehemaligen Schüler, Jack Bail. Dieses Jahr ist es anders. Als er wie üblich eine E-Mail schickt, um sich selbst einzuladen, antworte ich, dass «unser traditionelles Essen» «leider» nicht mehr stattfinden kann: Christine und ich sind vor sechs Monaten nach Nova Scotia gezogen.

Jack Bail schreibt zurück:

Nova Scotia? Kanadas Meeresspielplatz? Ich bin da, Doc. Sie brauchen bloß zu sagen, wann und wo.

«O nein», sagt Chris. «Es tut mir so leid, Liebes.»

Eigentlich müsste ich zu Chris sagen, dass es mir leidtut. Sie wird nämlich nicht nur für Jack Bail kochen, sondern überhaupt für ihn zuständig sein müssen, denn nominell bin zwar ich derjenige, der mit Jack Bail befreundet ist, aber sie ist es, die sich sämtliche Details von Jack Bails Lebensgeschichte und alles, was sich im Laufe unserer gemeinsamen Mahlzeiten an Einzelheiten herausstellte, gemerkt hat, sodass sie dem, was Jack Bail sagt oder empfindet, folgen kann. Mir dagegen ist aus irgendeinem Grunde fast alles, was mit Jack Bail zu tun hat, unbegreiflich. Ich kann mich nicht einmal daran erinnern, jemals jemanden namens Jack Bail unterrichtet zu haben.

«Und Chris wird vermutlich auch mitkommen», sagt Chris verwirrenderweise. «Seine Frau», fügt Chris hinzu.

Natürlich – genau wie meine Chris, ist Jack Bails Frau via Christine ebenfalls eine Chris. Was ich irritierend finde.

Ich sage: «Man weiß nie. Vielleicht schafft er es ja nicht.»

Chris lacht, wozu sie auch allen Grund hat. Jack Bail erscheint immer. Unfehlbar markiert er das Ende der Abgabefrist für die Steuererklärung, indem er an unserem Tisch isst. Diese wenigen Stunden haben immer etwas seltsam Fiktives. Erst nachdem Jack Bail gegangen ist, kommt unser Leben uns wieder faktisch vor.

Zur Jack-Bail-Situation vertritt Chris seit langem die Meinung, ich solle ihm effektiv kommunizieren, dass ich ihn nicht sehen möchte. Sie schlägt nicht vor, dass ich ihm schriftlich die Freundschaft aufkündige – «Das», räumt sie ein, «ist psychologisch so ziemlich unmöglich» –, sondern dass ich mich der wohlverstandenen Konvention des E-Mail-Schweigens bediene.

Ich habe es versucht. E-Mail-Schweigen veranlasst Jack Bail nur, auf zudringliche SMS umzuschalten, wie etwa:

Hi, was die Sache mit dem Essen angeht. Lassen Sie mich Näheres wissen, sobald Sie klarsehen, keine Eile.

Dieses hartnäckige Memorandum und andere, gleichgeartete

Essen diesen Monat? Nächsten Monat? Mir passt alles :)

belasten mich so sehr, dass es mir am Ende einfach leichter fällt, einen Abend mit ihm zu verbringen. Die Wahrheit ist nicht so sehr, dass Jack ein schrecklicher oder unerträglicher Mensch wäre, sondern dass er genau in die Kategorie von Leuten fällt, die Chris und ich wirklich nicht mehr sehen wollen, nun, da wir Mitte sechzig sind und die Endlichkeit und Unumkehrbarkeit menschlicher Zeit als nur allzu plastische Aktualität und nicht mehr nur als literarisches Thema wahrnehmen, das in High-School-Klassen diskutiert wird, die sich mit *Der Graf von Monte Christo* und *Der alte Mann und das Meer* beschäftigen. Ein Hauptzweck unseres Umzugs in diese hügelige kanadische Küstenregion bestand darin, unsere Haut als New Yorker abzustreifen und endlich die reinen Pflichtbeziehungen loszuwerden, von denen – so erschien es besonders mir – unsere tagtägliche Existenz übervoll war und die, selbst wenn man die Arbeit beiseiteließ, offenbar auf eine Interaktion nach der anderen mit Leuten hinausliefen, die forderten, dass wir ihnen unsere Zeit schenkten, und zwar einzig und allein deshalb, weil sich unsere Wege einmal gekreuzt hatten oder – ist es zu fassen? – weil schon ihre Forderung nach unserer Zeit ein solches Sich-Kreuzen von Wegen darstellte.

(Beispiel: A, der behauptet, der Bekannte eines Bekannten zu sein, informiert mich per E-Mail darüber, dass er überlegt, sich auf eine Stelle an der Schule zu bewerben, an der wir unterrichten. Ob er mich einmal bei einer Tasse Kaffee ausfragen könne? Weiteres Beispiel: B schreibt Chris, ihr Kind habe einmal die Schule besucht, an der wir unterrichten. Ob Chris B dabei behilflich sein könne, ein Auslands-Forschungsstipendium zu bekommen? In Ausübung eines meiner Überzeugung nach universell gültigen Rechts auf angemessene persönliche Autonomie beschließen wir, diese Kontaktaufnahmen unbeantwortet zu lassen; worauf wir feststellen müssen, dass sowohl A als auch B herumerzählen, wir seien unhöflich, egoistisch, eingebildet etc. In As und Bs Augen bedeutet ihre einseitige Kontaktaufnahme mit uns, dass wir, die Kontaktierten, irgendwie in ihrer Schuld stehen. Der Unterschied zwischen Chris und mir besteht darin, dass sie sich von diesem Zeug nicht aus der Ruhe bringen lässt, während ich idiotischerweise viel Zeit und Emotionen damit verschwende, mich über die lächerliche Ungerechtigkeit und Feindseligkeit des Ganzen aufzuregen.)

Ich will gar nicht erst anfangen zu schildern, wie viele Stunden und Jahre wir der Elternschaft widmeten – der Hydra, wie Chris sie nannte. Die Hydra kann man nicht besiegen. Man kann sie nur fliehen. Damit will ich nicht sagen, wir seien Flüchtlinge; aber es lässt sich nicht leugnen, dass wir uns zurückgezogen haben, und sich zurückziehen bedeutet das Feld räumen, wie nach einer Schlacht.

Die gute Nachricht ist, dass Jack und Chris Bail nicht bei uns übernachten werden. Meine Chris übernahm es, Jack Bail und seine Chris darauf hinzuweisen, dass es in unserem Gasthaus sozusagen kein Zimmer gab, worauf Jack Bail antwortete:

Kein Problem.

Wir werden ihn beim Wort nehmen. Die andere gute Nachricht ist, dass Ed und Fran Joyce, neue Bekannte in Nova Scotia, ebenfalls zu uns zum Essen kommen werden, um die Bails zu neutralisieren, obwohl den Joyce natürlich nicht bewusst ist, dass dies zu ihrer Funktion gehört. Wir kennen die Joyce gar nicht so gut, aber wir haben den Eindruck, sie sind feine Leute. Außerdem haben sie eine Art Willkommensfest für uns gegeben, sodass wir ihnen wohl ein Essen schulden: Eines Tages kurz nach unserer Ankunft stand ein mit guten Sachen gefüllter Korb vor unserer Haustür, zusammen mit einer Einladung, sich bei Drinks und Häppchen mit Mitgliedern der «Gemeinde» zu treffen. Wir nahmen die Einladung gerne an – schließlich waren wir nicht hierhergekommen, um wie Einsiedler zu leben – und genossen das Ereignis, obwohl wir ob der Aussicht, Teil einer Rentnerclique zu werden, ein bisschen auf der Hut, erstaunt und ironisch waren und immer noch sind. Wir haben vor, ein Jahr in kontemplativem Müßiggang zu verbringen; danach werden wir eine genauere Vorstellung davon haben, was wir als Nächstes anfangen. Schließlich sind wir weit davon entfernt, alt zu sein. Noch ist die Zeit kein siegreicher Feind.

Kurz bevor alle eintreffen sollen, verfügen Chris und ich uns auf die Veranda und trinken schon einmal von dem Wein, der weiß und kalt ist. «Was Jack wohl zu dem Haus sagen wird?», sagt Chris. «Ja», sage ich. «Darauf können wir uns jetzt schon freuen.» Sie hat mich an Jack Bails chronische Verblüffung über unsere alte Wohnung in Hudson Heights erinnert. Jedes Mal, wenn er von Brooklyn herüberkam, sagte er so etwas wie: Hudson Heights? Wer konnte ahnen, dass es dieses Viertel überhaupt gibt? Wer wohnt hier? Oboisten? Ich komme mir vor wie in Bukarest oder so. Warum weiß kein Mensch von diesem Ort? Soll ich mir hier eine Wohnung kaufen?

Dergleichen ist selbstverständlich gut und schön und absolut innerhalb meines Toleranzbereichs im Hinblick auf Schulkinder, obwohl Jack Bail, der Ende dreißig sein muss und, wenn ich mich recht erinnere, zur Glatze neigt, natürlich kein Schuljunge mehr ist. Aber seine persönlichen Eigenschaften tun nichts zur Sache. Die Sache ist die, dass Jack Bail unerwünscht ist.

Es ist ein milder, recht sonniger, leicht windiger Juniabend. «Nun sieh dir das an», erkläre ich zum ungefähr millionsten Mal, seit wir in unser Cottage gezogen sind, das ein Panorama aus einem Teich, hügeligem Küstenland, einer halbkreisförmigen Bucht und einer Sandbank – oder vielleicht einem Flach – bietet. Im Süden liegt eine bewaldete Landspitze, bei der es sich um ein Tombolo handeln könnte oder auch nicht. Ich habe die Absicht, diesen Ausblick systematisch zu untersuchen, da es mir seltsam vorkommt, jeden Tag hinauszuschauen und im Grunde genommen nicht zu verstehen, was ich da vor mir habe. Im Augenblick, zum Beispiel, beobachte ich eine außergewöhnliche horizontale Triplizität: Vor der Küste liegt über einem ausgeprägt ultramarinblauen Streifen Meerwasser ein stumpf blaues Band aus nicht zu bestimmendem Dunst, über dem wiederum eine reinweiße Wolkenschicht liegt. Dann kommt himmelblaue Luft und, fast schon auf dem Hügel, auf dem wir wohnen, eine riesige, schwebende graue Wolke. Diese absonderliche hydroatmosphärische Ballung, die der Wissenschaft sicherlich nicht unbekannt ist, bringt mich in eine terminologische und informatorische Verlegenheit, die nur noch verstärkt wird, wenn ich die Bucht selbst betrachte, wo das unstete, stimmungsvolle Himmelslicht im Zusammenwirken mit der Bewegung von Wind und Strömung, wie ich annehme, und vielleicht Unterschieden in Wassertiefe und Salzgehalt die Meeresoberfläche beständig mustert, strukturiert und streift. Es ist unvorhersehbar und schön. Manchmal ist die normalerweise blaue oder graue Bucht durch und durch braun, dann wieder zeigt sie aquamarinblaue karibische Wirbel oder ist farblos blass, und es gibt stets Bereiche, wo das Wasser gekräuselt ist, außerdem glatte und glattere Bereiche und solche, die relativ dunkel und hell, stumpf und funkelnd usw. sind, in immer größerer Komplexität. Es muss ein Wissensgebiet geben, das mir helfen kann, diese Phänomene besser zu würdigen.

«*Die salzige Rose*», sagt Chris. «Für die Walfangjahre in Lunenburg.»

«Gar nicht so schlecht», sagte ich.

Das ist einer unserer liebsten Running Gags: Chris schlägt Titel für Memoiren vor, die ich nicht schreibe und die von den Leben handeln, die wir nicht geführt haben. In dieser konjunktivischen Welt sind wir Abenteurer, Spione, Honorarkonsuln, Nomaden, Millionäre. *Die Hängematten von Chilmark* schildert unsere Sommer auf Martha's Vineyard. Unsere Zeit auf Korfu ist Thema einer Trilogie: *Die Eule im Jasmin, Wer gießt die Bougainvillea?* und *Eine Pampelmuse für den Kapitän.*

Wir haben nie einen Fuß auf Korfu oder Martha's Vineyard gesetzt. Abgesehen von einer vierjährigen Arbeitsperiode in Athens, Ohio, haben sich unsere einunddreißig Ehe- und unsere zweiunddreißig Berufsjahre sowie fast alle unsere Ferien in und um die Schulen und Straßen von New York abgespielt. Jack Bail behauptet, er sei in der Athens High in meiner Klasse gewesen, was mich verwirrt. An die Kids in Athens habe ich eine ziemlich gute Erinnerung.

«Verdammt.»

Chris: «Beinwanze?»

Ich pflücke sie von meinem Knöchel und – weil diese linsengroßen, spinnenartigen kleinen Scheißviecher zäh sind – zerquetsche sie gründlich zwischen dem Boden meines Glases und der Armlehne meines Stuhls. Ich nenne sie Beinwanzen, weil ich sie in den letzten Wochen jedes Mal, wenn ich einen Fuß ins Freie setzte, dabei erwischt habe, wie sie an meinen Beinen hochkrabbelten – zu welchem Ende, weiß ich nicht, aber sie führen nichts Gutes im Schilde, darauf würde ich wetten –, und weil ich sie nicht entomologisch bestimmen kann. Jedenfalls machen sie mich wahnsinnig. Oft kribbelt meine Haut, wenn gar nichts da ist.

«Da sind sie», sagt Chris.

Unsere Gäste sind gleichzeitig eingetroffen, in zwei Autos. Fran und Ed steigen aus ihrem roten Pick-up, und Jack Bail steigt aus seinem gemieteten Hyundai. Von seiner Chris ist nichts zu sehen.

Unter Auslassung der Stufen steigt Jack Bail direkt auf die Veranda. Er ist außergewöhnlich groß, vielleicht eins fünfundneunzig. Ist er gewachsen?

«Adirondack-Stühle», sagt Jack Bail. «Natürlich.»

Als der junge Besucher, der große Mühen auf sich genommen hat, wird Jack Bail zum Gegenstand von Fürsorglichkeit. Es führt kein Weg daran vorbei: Da Jack Bail den ganzen Weg von New York hierhergereist ist, muss er mit entsprechender Gastfreundschaft empfangen werden. «Zuerst Jack», sagt Fran, als ich ihr ein Glas Wein eingießen möchte. «Nach seiner Reise hat er das verdient.»

«Der Flug war prima», sagt Jack Bail. «Der Flughafen von Newark – nicht so ganz.»

Ed sagt: «Vielleicht sollten Sie mal über das Trusted-Traveler-Programm nachdenken. Kann sein, dass dann alles schneller geht.»

«Ich bin ein Trusted Traveler», sagt Jack Bail. «Genützt hat es mir nichts. Nicht in Newark.»

«Was passiert, wenn man ein Trusted Traveler ist?», fragt Chris.

«Man muss seine Schuhe nicht ausziehen», sagt Ed. Wir lachen alle.

«Ich musste sie aber ausziehen!», ruft Jack Bail aus. Wieder lachen wir alle.

Ed fragt Jack Bail: «Bei welchem Programm sind Sie? Nexus?»

«Global Entry», sagt Jack Bail.

Ed sieht Fran an und sagt: «Genau darum geht es mir auch. Um Global Entry.» Dafür bekommt er den größten – oder höflichsten – Lacher von allen.

Bald essen wir gegrillten Rotbarsch, Spargel und grünes Blattgemüse. «Köstlich», sagt Jack Bail als Erster.

«Danke, Jack», sagt Chris, was mir wie echte Dankbarkeit erscheint.

Jack Bail betrachtet den Ozean, der an manchen Stellen rötlich, an anderen dunkelblau ist. «Tolle Aussicht, Doc», sagt er.

«Tja, es ist nicht Hudson Heights», sage ich.

«Ich dachte, Sie hätten in Manhattan gewohnt?», sagt Fran.

«Hudson Heights liegt in Manhattan», sage ich.

Ed sagt: «So so, Doc. Sie sind ja ein stilles Wasser.»

«So hieß es immer», erkläre ich von Herzen. Ich habe die Sitte, dem akademischen Titel eines Lehrers Anerkennung zu zollen, nicht erfunden.

Ed fährt fort: «Wie steht's mit Ihnen, Jack? Sind Sie auch ein Doc?»

Jack lacht. «Ach was. Ich bin bloß Wirtschaftsprüfer.»

«Bloß?», sagt Fran, als wäre sie empört. «Bestimmt sind Sie sehr stolz auf diesen jungen Mann», sagt sie zu mir, und das macht mich ein kleines bisschen wütend, weil ich mir nicht gern vorschreiben lasse, was ich zu empfinden habe. Wie stolz oder nicht stolz ich auf Jack Bail bin, habe ganz allein ich zu entscheiden.

«Aber sicher», sage ich, wieder ganz die Herzlichkeit in Person.

«Wie war er denn so als Schüler?», fragt Fran. «Ein Schurke, möchte ich wetten.»

Ich gebe eine Art Ho-ho-ho von mir, und Jack Bail sagt zu Fran: «Hey, lassen Sie meine Tarnung nicht auffliegen!» Er fügt hinzu: «Doc war ein prima Lehrer.»

Ich sage: «Tja, wir haben seit Ohio einen weiten Weg hinter uns», und Ed sagt: «Wir haben alle einen weiten Weg hinter uns, wie?», und dann erzählt er Jack Bail, dass er aus British Columbia komme, Fran jedoch aus den Maritimes stamme und dass Frauen aus den Maritimes stets irgendwann nach Hause zurückkehrten und man verrückt sein müsse, um sich einer Frau aus den Maritimes in den Weg zu stellen.

«Ihre Frau kann nicht bei uns sein, Jack?», sagt Fran sehr aufmerksam.

«Nein, Chris kann nicht kommen», sagt Jack Bail.

«Vielleicht das nächste Mal», sagt Fran. Irgendwie fängt Chris meinen Blick auf, ohne mich anzusehen, und verdreht irgendwie die Augen, ohne sie zu verdrehen. Jedenfalls bilde ich mir das ein.

«Leider sind wir derzeit getrennt», sagt Jack Bail.

Das gibt allen zu denken. «Tut mir leid, das zu hören», sagt Ed.

«Ja, es ist keine ideale Situation», sagt Jack Bail.

Jetzt steht Chris auf und sagt: «Wir haben gemischte Beeren, und wir haben – Schokoladenkuchen. Jacks Lieblingsspeise.»

«Haben Sie Kinder, Jack?», fragt Fran – ganz sicher eine Frage, deren Antwort sie sich selbst denken kann.

«Nein», sagt Jack Bail. «Vor ein paar Jahren haben wir es versucht. Sie wissen schon, künstliche Befruchtung. Hat nicht geklappt.» Ich lege an dieser Stelle gerade frisches Geschirr auf. Jack Bail sagt: «Ich habe übrigens gerade einen Brief von der Klinik bekommen, die neunhundert Dollar für mein Sperma haben will.»

Das bringt sogar die Joyce zum Schweigen.

Jack Bail fährt fort: «Vor drei Jahren haben wir nämlich im Zuge der ganzen Prozedur Sperma einfrieren lassen. Ja, jedenfalls, wir ziehen die ganze Sache durch, man kann das getrost die reinste Tortur nennen, und dies und das passiert, und wir vergessen völlig das eingefrorene Sperma. Und dann kommt auf einmal diese Rechnung über neunhundert Dollar, weil sie es die ganze Zeit aufbewahrt haben – behaupten sie jedenfalls. Ich rufe dort an. Ich spreche mit einer Lady. Die Lady sagt, sie hätten jedes Jahr geschrieben und mich darüber informiert, dass sie meine Probe verwahren. Geschrieben? Ich kann mich an keine Briefe erinnern. Aber das Wichtigste zuerst, stimmt's? Vernichten Sie die Probe, sage ich zu ihr. Weg damit, und zwar sofort. Das dürften sie nicht, sagt sie zu mir. Zuerst brauchten sie eine notariell beglaubigte Sperma-Verwendungsverfügung.»

«Okay, dann wollen wir mal», sagt Chris. «Jacks Kuchen. Und Beeren für jeden, der Lust darauf hat.»

«Ich weiß natürlich, welches Spiel die spielen», sagt Jack Bail. «Ich weiß, wie so was läuft. Ich schicke denen die beglaubigte

Verfügung, und die behaupten, sie hätten sie nie bekommen. Und zwingen mich damit, noch mal zum Notar zu rennen und ihnen noch mal eine Verfügung zu schicken, und sie ziehen die ganze Sache in die Länge. Und für jeden zusätzlichen Tag, den sie die Probe verwahren, berechnen sie entsprechend mehr. Verstehen Sie? Die halten mein Sperma buchstäblich als Geisel.»

«Große Unternehmen», sagt Ed. «Fran, erinnert dich das nicht auch an –»

«Genau», sagt Jack Bail. «Es ist nicht so, dass die Angestellten böswillig sind. Es liegt am System von Großunternehmen. Wenn sie Post kriegen, die sie nicht kriegen wollen, Post, die ihre Profite schmälert, dann ist ihr System chaotisch. Aber wenn sie einem was in Rechnung stellen, ist ihr System nie chaotisch. Und mal ehrlich: Ohne meine Zustimmung mein genetisches Material einbehalten? Das geht gar nicht. Also – haben Sie das eigentlich auch mal gemacht? – sage ich ihr, ich bin Anwalt und habe eine Truppe ehrgeiziger junger Partner, die werden sich über diese Abzocke hermachen wie ein Rudel Wölfe.»

Ed sagt: «In Kanada würde Ihnen das um die Ohren fliegen. Wir haben –»

«In den Staaten ist es anders. In den Staaten wird man von deren System erst wahrgenommen, wenn man mit einem Prozess droht. So arbeiten die. Menschliche Vernünftigkeit wird bloß als Gelegenheit gesehen, noch mehr Geld zu machen. Also sage ich zu Chris: Erinnerst du dich, dass wir mal einen Brief wegen einer eingefrorenen Spermaprobe gekriegt haben? Und sie so: Keine Ahnung, diese Briefe sehen alle gleich aus. Ich so: Moment mal, das ist wichtig, denk bitte genau nach. Sie so: Kann ich nicht, ich muss sehen, dass ich am Ball bleibe. Und ich so: Was für ein Ball? Das hier ist der Ball. Mal ehrlich, überleg doch mal. Meine Gene sind in den Händen von Fremden. Die neunhundert Dollar sind mir egal. Vielleicht gibt es da draußen in der Welt schon Kinder von mir, was weiß denn ich? Nachwuchs. Das ist ganz und gar nicht unmöglich, stimmt's? Fehler passieren andauernd. Und man wird über den Tisch gezogen. Die Leute denken, dass es so was eigentlich gar nicht gibt. Aber sie irren sich. Das gibt es sehr wohl, besonders wenn sich damit Geld machen lässt. Glauben Sie mir, ich weiß es.»

Niemand hat den Kuchen oder die Beerenmischung in Angriff genommen. Ich sage zu Jack Bail: «Ihre Besorgnis ist völlig berechtigt. Sie müssen die Sache regeln.»

«Habe ich schon, Doc. Um es kurz zu machen, ich habe nachgegeben, was die neunhundert Dollar angeht, und bin persönlich mit den Dokumenten zur Klinik gegangen. Ich habe mir eine Quittung geben lassen.»

«Das war klug», sagt Chris.

Jack Bail sagt: «Mir blieb keine Wahl: Ich habe einen Brief von einer Inkassofirma bekommen. Ich musste nachgeben. Was sollte ich machen, wegen neunhundert Dollar meine Kreditwürdigkeit riskieren? Nein, ich musste nachgeben. Dabei weiß ich noch nicht mal, ob sie den Samen wirklich vernichtet haben. Ich muss davon ausgehen. Aber mit Sicherheit wissen werde ich es nie, oder?»

Jack Bail übernachtet auf unserem Sofa. Am Morgen, als Chris und ich nach unten gehen, liegt da ein schriftliches Dankeschön.

Dann vergeht ein Jahr und mit ihm die Frist zur Abgabe der Steuererklärung, wir machen einen Spaziergang am Strand, und ich bleibe stehen und sage zu Chris: «Weißt du was? Wir haben gar nichts von Jack Bail gehört.»

Unser Strand ist ein Sand- und Kiesstrand. Der Sand ist eine ganz gewöhnliche Mischung aus Quarz und Feldspat. Er tritt sozusagen aus dem Meer hervor und setzt sich landeinwärts fort, bis er ganz plötzlich von Kies abgelöst wird. Der Kies oder Schotter besteht zunächst aus Kieseln, dann aus einer Mischung von Kieseln und Feldsteinen und schließlich fast nur noch aus Feldsteinen. Diese scheinbar methodisch erfolgende, fortlaufende Verteilung der Strandsteine ist tatsächlich natürlichen Ursprungs: Die Wellen eines Sturms drücken kleine und große Steine landwärts, doch ablaufende Wellen haben weniger Kraft und ziehen daher nur kleinere Steine meerwärts. Die Folge ist ein abgestuftes Stranden der Steine, die sich zu einer Abfolge steiler Hänge und Böschungen aufhäufen. Unser Strandspaziergang beginnt damit, dass wir eine Böschung und dann eine zweite hinunterkraxeln, und ich achte stets darauf, beim Abstieg Chris' Hand zu halten. Irgendwie existieren zwischen den Steinen unzählige große Spinnen, und meine Aufgabe besteht darin, Chris zu helfen, die Spinnen aus ihrem Gedächtnis zu streichen. Und aus meinem. Beinwanzen gibt es hier draußen nicht. Beinwanzen sind Hirschzecken. Von Mai bis November müssen Chris und ich einander täglich auf Zecken absuchen. Manchmal finden wir eine.

Vom Sandstrand aus bieten sich die braunen Drumlin-Klippen unserer Betrachtung dar. Die Drumlins sind seit der Wisconsin-Eiszeit hier. Ihre tropfenförmige Gestalt ist Folge von Erosion durch Ozean, Wind und Regen, ein bis heute andauernder Vorgang, wie ich nach zwei Wintern hier bezeugen kann. Während die Hügel zurückweichen, hinterlassen sie Felsfragmente, die zu gegebener Zeit einen Teil des Strandes bilden werden. Derlei Fakten wirklich zu verstehen fällt mir schwer; man muss sagen, dass vieles von meinem neu erworbenen geologischen Wissen im Grunde Wortgeklingel ist. Zwar kann ich beispielsweise Feldspat erkennen, oder einen Granitklotz. Aber die Wisconsin-Eiszeit ist nichts, womit ich mich wirklich auskenne.

Chris und ich suchen das Wasser ab – instinktiv, wie ich

vermute. Manchmal sehen wir den Kopf einer Robbe. Er ver-. schwindet eine Zeitlang, dann taucht er wieder auf. Sie haben große Köpfe wie fröhliche Hunde, diese Robben. Heute täte es gut, unsere warmblütigen Verwandten da draußen zu sehen: Dies ist einer der Spaziergänge, bei denen mich der nahe Ozean nicht wenig einschüchtert, und während wir verspielten Wasserzungen ausweichen, wähne ich mich am Rande einer unendlichen, unaufhörlichen auslöschenden Kraft. Ich weiß nicht recht, ob sich dagegen viel tun lässt: Ehrfurcht, Schrecken, Staunen und Gefühle von Asymmetrie stellen sich bei diesem Terrain ganz von selbst ein. Das muss etwas Anziehendes haben, sonst wären wir anderswo. Aber wo? Orte wandern an andere Orte. Dieser Teil von Nova Scotia, sagen uns die Paläogeographen, hing einmal an Marokko.

«Ich hoffe, es geht ihm gut», sage ich zu Chris.

«Das denke ich doch», sagt sie. Sie sagt: «Du könntest ihn jederzeit anrufen.»

Ja, das könnte ich. Aber wo würde das enden? Ich habe einmal berechnet, dass ich fast zweitausend Kinder unterrichtet habe.

Keine Robbe heute. Wir gehen weiter. Chris sagt: *«Der letzte Fez.»*

Ich sage: «Über den Auftrag in Konstantinopel? Da sind wir zu Stillschweigen vergattert worden.»

Chris sagt: «Erinnerst du dich an die Nacht, in der wir den Bosporus überquert haben? Mit diesem ruppigen Bootsführer?»

«Ali der Bootsführer?», sage ich. «Wie könnte ich den vergessen?»

DIE WELT DES KÄSES

B reda Morrissey wäre nie auf den Gedanken gekommen, dass zwischen ihr und ihrem Sohn Patrick etwas ernsthaft schieflaufen könnte. Doch im Herbst hatte er sie zur – so wörtlich – «Persona non grata» erklärt und verkündet, sie dürfe keinen Kontakt mehr zu ihrem Enkel Joshua haben, weil sie, so die Begründung, einen «schlechten Einfluss» auf ihn habe. Es war eine verrückte, fast unglaubliche Wendung der Ereignisse, und alles wegen so einer komischen Geschichte – einem Fitzelchen Haut.

Patrick bestritt das. «Hier geht es nicht um *Haut,* Mom», sagte er während der ersten Sitzung der Mutter-Sohn-Therapie, der sie sich gemeinsam in New York unterzogen. «Verstehst du das denn nicht? *Darum* geht es nicht.»

Breda wandte sich hilfesuchend an den Therapeuten, Dr. Goldstein – Dan, nannte ihn ihr Sohn. Doch Dr. Goldstein, dessen dramatischer Bart und kleine spitze Nase ihm, wie Breda fand, das Aussehen eines Fernsehrichters verliehen, musterte sie so streng, dass sie stumm blieb.

Während Breda auf dem Rückflug nach Kalifornien auf einem Fensterplatz saß und diesen Augenblick im Geist noch einmal erlebte, wurde sie von einem Stupser – fast einem Rempler – ihrer Sitznachbarin gestört. Dabei handelte es sich um eine fettleibige Frau in Bredas Alter – Mitte fünfzig –, die vom ersten Augenblick an mit Handgepäck, Sicherheitsinformationen und Bordunterhaltungsgeräten gekämpft und herumgespielt hatte. «Entschuldigung», hauchte die Frau und setzte ihren Kampf mit den Kabeln ihrer Ohrhörer fort. Auf ihrer anderen Seite, auf dem Platz am Gang, saß eine kleinere Person in einem roten Sweater, ein Mann. Als Getränke serviert wurden, nahm sich die Fette, wie Breda sie getauft hatte, wortlos die Minibrezel-Tüte des kleinen Mannes. Breda begriff voller Ekel, dass die beiden ein Paar waren.

Sie schaute zum Fenster hinaus. Am Grund der Leere lag ein riesiger Wolkenboden. Da und dort erhoben sich strahlend weiße Dampfsäulen, und unter der blauen oberen Atmosphäre lag rosiger Dunst. Es war ein prächtiges, unirdisches Schauspiel von der Art, die Breda, als sie noch ein junges Mädchen gewesen war, an geflügelte Pferde und unbekannte Reiche hätte denken lassen; doch wenn man erwachsen wurde und alles durchschaute, dachte Breda, lief es letztlich auf Regen hinaus, Regen, der auf Felder, Wälder, Häuser und Menschen fiel.

Breda schaute weiter hinaus. Irgendetwas an der unebenen Wolkenschicht erinnerte sie an Hüttenkäse, und das wiederum erinnerte sie daran, dass Patrick ein Interesse für die – wie er es formulierte – Welt des Käses entwickelt hatte. Während ihres Aufenthalts hatte sich ihr Sohn dem Esstisch jeden Abend mit einem Käsebrett genähert und dabei Hornsignal- und Fanfarengeräusche gemacht. «Probier mal den hier, Mom», sagte er und deutete auf eines der halb gegessenen, leicht stinkenden Stücke, und Breda, die sich fragte, ob diese Nahrungsmittel überhaupt legal waren, nahm einen Bissen. «Schön», sagte sie und verzichtete auf jeden weiteren Kommentar – wie zum Beispiel den, dass Patrick infolge seines neuen Hobbys ganz offensichtlich zunahm –, aus Furcht, damit einen weiteren Ausbruch von seiner Seite zu provozieren. (Und natürlich war seine Frau Judith bestimmt auch empfindlich. Heutzutage war jeder empfindlich.) Eines Abends verkündete Patrick, dass er, Judith und der kleine Joshua eine Käsereise nach Irland unternehmen würden. Sie hatten vor, das internationale Gourmet-Festival in Kinsale zu besuchen und dann von Farmhaus zu Farmhaus zu fahren und halbfeste Schnittkäse mit gewaschener Rinde zu verkosten. «Hartkäse interessiert mich nicht», sagte ihr Sohn mit wichtiger Miene. Wenn sie dazu kämen, sagte er, würden sie ins County Limerick fahren und vielleicht mal nachsehen, wer von der Ahnenfamilie der Morrisseys noch übrig war.

«Das wird bestimmt schön», sagte Breda.

Anfang der Siebziger waren sie und Patricks Vater Tommy mit den Kindern in ein vermeintlich wunderbares, in Wirklichkeit aber trübseliges Dorf unweit des Shannon River gefahren und hatten Morrissey-Cousins und -Cousinen kennengelernt, amorphe Typen, die unvorstellbare Existenzen in billigen, modernen Häusern am Dorfrand führten und von ihren Besuchern völlig verblüfft waren. Während Breda auf die Wolken hinabschaute, entsann sie sich zweier hervorstechender Dinge an dieser Reise: Es hatte die ganze Zeit geregnet, und sie begegneten unentwegt Leuten, die Ryan hießen. «Es regnet Ryans», hatte Tommy gewitzelt. «Es ryagnet Bindfäden.»

Tommy, der eine Woche nach Patricks Hochzeit seinen Biotech-Job hingeworfen hatte und mit der Deutschen nach Costa Rica abgehauen war. Als er seine Sachen packte, war er derjenige, dem Unrecht geschehen und der wütend war. «Du gibst mir das Gefühl, dass ich schrecklich bin, ein Ungeziefer», sagte er und stopfte Unterhosen, die Breda gerade gebügelt hatte, in seinen Koffer. «Mit Ute kann ich über alles reden, absolut alles. Ich kann alles *sein.* Mein Gott, ich hatte ja keine Ahnung, wie es ist, sich lebendig zu fühlen. Wenn ich mir vorstelle, dass ich die ganzen Jahre damit vergeudet habe, mir einreden zu lassen, ich wäre ein Trottel, ein Widerling. Weißt du, worüber wir gestern Abend geredet haben? Wir haben über Mösen geredet, die ich gekannt habe. *Mösen, die ich gekannt habe.* Dass sie unterschiedlich riechen, dass sie unterschiedlich geformt sind, dass sie sich unterschiedlich verhalten. Einschließlich deiner Möse. O ja. Weißt du eigentlich, wie besonders das ist? Ist dir klar, welches Maß an Vertrauen und Intimität das erfordert?» Er hörte überhaupt nicht mehr auf, und sie war entsetzt. Er begann zu brüllen. «Weißt du noch, als ich allein in der Ukraine war? Ganz allein in diesem verfluchten Hotel, und ich rufe meine Frau an, Scheiße noch mal, meine *Frau,* meine eine und einzige Partnerin, bis dass der Scheißtod uns scheidet, und bitte dich, etwas für mich zu sagen, etwas mit Gefühl, etwas, was eine Verbindung zwischen uns herstellen könnte, ganz egal, was. Ich sage dir nicht, du sollst Böden schrubben oder die Hand in einen Scheißhaufen stecken. Ich befehle dir nichts. Nein, ich *bitte* dich. Ich *bitte* um ein, zwei Sätze, das ist alles, bloß ein paar Worte, Worte, die ein Ehemann ja wohl von seiner Frau erwarten kann. Und was kriege ich? Nichts! ‹Du weißt doch, dass ich so was nicht mache, Tommy.› *So was?* Ich heule nach einem Schluck Wasser in der Scheißwüste, und du kommst mir mit diesem Scheiß? Tja, du kannst mich mal, du Papas Mädchen, du verklemmtes.»

Breda erlebte diese entsetzliche Episode aufs Neue, weil irgendetwas an den jüngsten Tiraden ihres Sohnes sie an seinen Vater erinnert hatte.

Was die Papas-Mädchen-Schmähung anging, so reichte sie vierzig Jahre zurück bis ins Jahr 1967, als Breda zu Tommys Abschlussfeier an der University of Notre Dame gefahren war. Notre Dame war so katholisch und männlich, dass die Leute auf dem Campus sie fälschlich für eine Nonne hielten. Nach der Feier brachen sie und Tommy – sie hatten sich sechs Monate zuvor auf einer Hochzeit in Newport kennengelernt – zu einer Fahrt quer durchs Land nach San Francisco auf. Sie hatten vor, im Herbst an die Ostküste zurückzukehren, damit Breda ihrerseits mit dem Studium anfangen konnte. Knapp westlich der

Grenze von Indiana begann ihr übel zu werden. Zuerst dachte sie, es käme von dem Gras, das sie geraucht hatten, oder vom Autofahren, doch als sie Missouri erreichten, wusste sie, dass sie schwanger war. Zur Feier des Ereignisses fuhren sie und Tommy weiter nach Reno und heirateten. Als Breda zu Hause anrief, nahm ihr Vater das Gespräch entgegen. Er war Anwalt in Boston. Er fand die ganze Sache – die Fahrt nach Kalifornien, die witzig gemeinte Mussheirat, die Faxen mit dem Ferngespräch über ein öffentliches Telefon, den vorehelichen Sex – schockierend. «Gottverdammter Blödquatsch», blaffte er und legte mit einem Schluchzen auf. Als Breda unter Tränen nochmals wählte, nahm ihre Mutter ab. «Du musst deinem Vater verzeihen, Schätzchen», sagte sie. «Es ist nur so, dass solche Dinge Konsequenzen haben. Vielleicht ist das etwas, was du in deinem Alter noch nicht richtig verstehen kannst.»

Breda kittete die Beziehung zu ihren Eltern, die einsahen, dass sie Tommy aus Verantwortungsgefühl und nicht aus einer romantischen Anwandlung heraus geheiratet hatte. «Das ist wunderbar», sagte Dad, als sie Mutter wurde. «Und du bist ein wunderbares Mädchen.»

Siobhan wurde im Frühjahr 1968 geboren. Patrick kam zwei Jahre später. Tommy gab ihm den Namen seines Vaters, obwohl Grandpa Pat, wenn man Tommy Glauben schenken durfte, seinen eigenen Sohn kaum zur Kenntnis genommen hatte. «Er behandelte einen, wie man einen Hund behandeln würde: zauste einem das Haar und ging mit einem im Van Cortlandt Park spazieren.» Dieses Gespräch fand eines Nachts kurz nach dem Tod ihres Schwiegervaters im Jahre 1975 statt, als Tommy und sie in Santa Barbara in der Dunkelheit ihres Schlafzimmers lagen. «Das Beste an Dad war, dass er wahnsinnig gut pfeifen konnte», flüsterte Tommy. «Mein Gott, konnte der pfeifen. Er steckte den Daumen oder den kleinen Finger in den Mund und ballerte einen raus, dass es einem praktisch die Ohren zerriss. Er hielt Taxis an, wie sie's im Film machen.» Tommy rührte sich auf seiner Seite und sagte: «Hast du mich schon mal pfeifen hören?»

«Ich glaube schon», sagte Breda. «Doch.»

«Das hat er mir beigebracht», sagte Tommy mit leiser Stimme. «Er hat mir beigebracht, wie es geht, Breda.» Seine Schultern begannen zu zittern, und Breda berührte ihn dort.

Grandpa Pat war New Yorker und verbrachte sein Alter in einem Apartment-Hotel in Midtown. Nach seinem Tod stellte man fest, dass sein Zimmer mit Pfeffer- und Salzstreuern gefüllt war, die er aus den Diners und Bars hatte mitgehen lassen, in denen er seine letzten Jahre vertrödelt hatte. Tommy stellte die Streuer zu Hause auf einem Bord zur Schau. «Manche Familien erben Silber, andere geklautes Restaurantzubehör», sagte er. Später bat er Breda, die Streuer wegzupacken, weil sie ihn an den Sand der Zeit erinnerten und wahnsinnig deprimierten.

Nachdem Tommy sich nach Costa Rica davongemacht hatte, verblieb Breda in dem gemeinsamen Haus in Santa Barbara, weil ihr unklar war, wie die Dinge standen. Als deutlich wurde, dass ihr Mann nicht zurückkehren würde, verkaufte sie und zog in eine Wohnung in Atherton, um in der Nähe von Siobhan zu sein. Siobhan hatte auf den Umzug gedrängt. Doch binnen eines Jahres gingen Siobhan und ihre Familie an die Ostküste, nach Alexandria, Virginia. «Tja, so ist das eben manchmal», sagte Breda, als ihre Tochter ihr die Neuigkeit beibrachte. «Wenn ihr gehen müsst, müsst ihr gehen.» Breda blieb in Atherton und arbeitete als Verwaltungskraft in einer Arztpraxis. Sie bekam einmal die Woche einen (unkomplizierten und angenehmen) Anruf von ihrem Sohn und alle zwei Wochen einen (schwierigen und schlechtgelaunten) Anruf von ihrer Tochter. Die Kinder reichten sie unweigerlich an die Enkel weiter. Breda rief ihre Namen in den Hörer und lauschte auf eine Reaktion. «Sprich mit Grandma», forderte ein Erwachsener im Hintergrund auf. Dann eine Kinderstimme, leise, trotzig und deutlich: «*Will* aber nicht.»

Von Zeit zu Zeit brachten ihre Kinder Neuigkeiten aus der Schweiz Mittelamerikas mit, als die man Costa Rica offenbar kannte. Dort war es so feucht, erfuhr Breda, dass ein Paperback praktisch über Nacht verschimmelte. Außerdem war es großartig. Es gab dort Affen, bunte Vögel, Faultiere, Wasserfälle und Felsenstrände. Angeblich hatte Tommy, der sich in Kalifornien nie für den Ozean interessiert hatte, mit dem Surfen angefangen. Es wurde erzählt, er habe eine Frau vor dem Ertrinken gerettet, was Breda schwer zu glauben fand. Plausibler war da schon, dass er Naturführer wurde. Er führte Gruppen in den Regenwald und wies auf Vögel und Termitenhügel hin. Eine Masche von ihm, sagte Patrick, bestand darin, dass er mit seiner Machete in die Rinde eines Baumes hieb, aus der dann Saft – war es Gummi? – sickerte. Am Ende der Wanderung ging er mit den Surfern, Ökotouristen und Filmstars (offenbar war Tommy mit Woody Harrelson zusammengekommen) auf einen Happen ins Crazy Toucan, das Restaurant, das der Deutschen gehörte. Patrick zeigte seiner Mutter Fotos von einem Holzhaus, an dessen vorderer Veranda bunte Lämpchen aufgehängt waren. «Siehst du? Da ist die Bar, genau da. Und das Nebengebäude da, das ist die Küche.»

«Schön», sagte Breda.

«Und die Blonde da, das ist Ute. Sie ist eine tolle Köchin. Fusionsküche.» Er sprach den Namen der Frau so aus, als wäre er Deutschlandexperte.

«Fusionsküche», sagte Breda. «Hört sich gut an.»

Breda und Tommy wurden nicht geschieden. Eine Zeitlang wusste Breda nicht recht, was schlimmer war: die Demütigung einer Scheidung oder die Demütigung, so gründlich abgehakt zu sein, dass der eigene Ehemann nicht einmal das Bedürfnis verspürt, die Trennung auf eine richtige juristische Grundlage zu stellen. Dann kam Breda der Gedanke: Welchen Unterschied macht es eigentlich letzten Endes? Diese Frage, stellte sie fest, ließ sich in zunehmendem Maße auf viele Dinge anwenden. Es stimmte, was ihre Mutter einmal geäußert hatte: Mit dem Älterwerden wurde einem klarer, dass alles Konsequenzen hatte, sodass Handlungen und besonders Versäumnisse eine Bedeutung gewannen, die sie früher niemals gehabt hatten; deshalb wurde man auch zögerlicher. Andererseits aber schien es viel weniger auszumachen, ob man es am Ende mit Ergebnis A oder mit Ergebnis B zu tun hatte.

Nach vier Jahren Ehe kauften Patrick und Judith ein Haus in der Bronx, unweit der Gegend, in der Tommy aufgewachsen war. Sie veranstalteten eine Einweihungsparty, und Patrick machte eine große Sache daraus und bestand darauf, dass Breda herüberflog. «Bring deinen Freund mit, Mom», scherzte er. Sein Vater erschien ebenfalls, zusammen mit der Deutschen. Als Breda anbot, bei der Verköstigung zu helfen, sagte Patrick: «Entspann dich, Mom. Amüsier dich gut. Überlass das Kochen Ute. Die verdient damit ihre Brötchen.»

Eine Stunde lang mischte sich Breda unter die jungen Leute und spielte ein qualvolles Versteckspiel mit den Costa-Ricanern. Aber ein Gespräch mit Tommy war unvermeidlich. Er trat aus der Küche und sagte jovial: «Hallo, Breda.» Es war ihr erstes Gespräch seit ihrer Trennung, die ebenfalls vier Jahre her war. Er sah ganz anders aus. Er trug einen Bart und einen Pferdeschwanz, und seine Hände waren rissig und braun. Trotz des Surfens und der Fusionsküche hatte er zugelegt. «Nett von dir, dass du gekommen bist, Breda», sagte er, sodass sie sich wie ein Eindringling vorkam. Sie machten Smalltalk. Breda fiel auf, dass Tommy wiederholt einen neuen Ausdruck benutzte. «Die Straßen da unten sind irgendwie abgefahren», sagte er über Costa Rica; und: «Irgendwie abgefahren, dass wir uns so wiedertreffen, oder?» Das war zweifellos Strand-, Bar- oder Surferjargon. Er hatte jenen exakten, wissenschaftlichen Gestus eingebüßt, den sie einmal attraktiv gefunden hatte. Plötzlich packte sie eine Erinnerung: Tommys Vorliebe dafür, an ihrem Hintern zu schnuppern und zu schnobern, während sie eine Position auf allen vieren einnahm; einmal sogar, als sie ihre Tage hatte und Blut über die Innenseite ihres Oberschenkels tröpfelte. «Das ist Leidenschaft, Süße», murmelte er. «Das ist Leidenschaft.»

Während Breda Teile ihrer Bordmahlzeit aß, kreisten ihre Gedanken erneut um die Geschichte mit der Vorhaut.

Es fing an, als Judith von ihrer Frauenärztin erfuhr, dass sie mit einem Jungen schwanger war. Judith war Jüdin, somit stellte sich die Frage der Beschneidung. Patrick war strikt dagegen. Zwei Monate lang wollte er mit seiner Mutter über nichts anderes reden. «Ich sage, *er* kann sich selbst beschneiden lassen», sagte er. «Er soll erst mal erwachsen werden und dann *selbst* entscheiden.»

«Ja, vermutlich», sagte Breda. Sie hatte natürlich ihre eigene Meinung, aber sie wollte in keine Auseinandersetzung verwickelt werden.

«Vermutlich?»

«Nein, nein. Du hast recht», sagte Breda.

Zu spät. Er ging bereits wieder an die Decke und schrie. Diese Geschichte hatte ihn zum Schreier gemacht. Manchmal musste Breda das Telefon vom Ohr weghalten. «Da gibt es doch nichts zu *vermuten.* Da gibt es nur ein Ja oder ein Nein. Kann er sich entscheiden, Jude zu werden, wenn er älter ist, oder nicht? *Ja.* Kann er sich zu diesem Zeitpunkt beschneiden lassen, wenn er das will, oder nicht? *Ja.* Wenn er sich als Erwachsener dafür entscheidet, Christ zu werden, kann er dann seine Vorhaut wiederkriegen? *Nein.* Fall erledigt. Ende der Diskussion. Aber anscheinend doch nicht. Weißt du was? Ich gehe jetzt gleich zum Arzt und lasse es bei mir selbst machen. Ich werde *demons-trieren,* dass das geht, und dann will ich kein einziges Scheiß-wort mehr davon hören.»

Wenn Patrick in ruhigerer Stimmung ans Telefon kam, war er imstande, Judiths Argumente darzulegen. «Sie sagt: Was ist er, ein Jude oder ein Heide?» Darüber hätten sie sich vielleicht mal früher Gedanken machen sollen, dachte Breda. «Ich sage: Lass den Jungen zufrieden. Dann sagt sie: Ganz so einfach ist es nicht. Man muss einen Platz für sich als Juden finden. Da draußen gibt es keinen solchen Platz. Man muss ihn für sich finden.»

Ach wirklich?, hatte Breda große Lust zu fragen. In New York?

«Aha», sagte sie.

«Und dann ist da natürlich noch ihr Dad. Sie sagt, sie weiß nicht, wie er es aufnehmen würde.»

Der Dad, Harry, hatte als kleiner Junge drei Jahre in einem Lager für Juden in Rumänien zugebracht. Aber galt er tatsäch-lich als Holocaust-Überlebender? Breda war sich nicht hun-dertprozentig sicher. Wenn sie sich nicht irrte, war in diesem Lager niemand vergast worden oder so etwas. Es war nicht Auschwitz. Aber man konnte natürlich verstehen, warum er diese Frage möglicherweise ernst nahm. Und im Lichte dessen wirkten einige Argumente ihres Sohnes ein bisschen dünn, be-sonders diejenigen, die mit Penissen zu tun hatten. «Beschnei-dung bedeutet Sensibilitätseinbuße», sagte Patrick. Er hatte es im Internet nachgesehen. Außerdem sagte er: «Der Schwanz meines Sohnes soll so aussehen wie mein Schwanz. Das ist ein Vater-Sohn-Ding.» Nach Bredas Einschätzung würde es Harry, komme, was da wolle, überleben. Eltern sind ziemlich leicht auszurechnen.

Sie versuchte sich zu informieren. Ihre beste Freundin in Atherton, Stacey Levingstone, die Jüdin war, erklärte vage, beim Abschneiden der Vorhaut gehe es darum, eine Barriere zu Gott zu entfernen – «Hemmnis» war der Begriff, den sie benutzte. Ein anderer Freund, ein Christ, erzählte ihr, dass der Mohel – der Mensch, der den Eingriff durchführte – das Vorhautbändchen manchmal mit einem langen, scharfen Fingernagel durchtrenne, den er sich eigens zu diesem Zweck wachsen lasse. Breda wusste nicht, was sie davon halten sollte. Dann erzählte ihr Dr. Kentridge, einer der Ärzte der Praxis, in der sie arbeitete, die jüdische Beschneidung sei in Wirklichkeit eine Form von rituellem Aderlass: Nach mosaischem Gesetz müsse einem ohne Vorhaut geborenen jüdischen Jungen gleichwohl ein Tropfen Blut aus dem Penis entnommen werden. «Blutopfer, Breda», sagte er unheilverkündend, als ob ihr das irgendetwas sagen müsste.

Dann verkehrte sich plötzlich alles ins Gegenteil. Patrick sah die Sache von Judiths Standpunkt aus. Sein Sohn würde Joshua heißen und Jude sein. Wenn ihm das nicht gefiel, konnte er jederzeit zum Christentum konvertieren. Es würde eine Brit Mila stattfinden.

Und hier geriet Breda in die Bredouille. Sie teilte Patrick und Judith per E-Mail mit, dass sie leider nicht zur Brit Mila kommen könne. Sie nannte keine Gründe.

Patrick antwortete:

DAS WERDE ICH DIR NIEMALS VERZEIHEN.

Zutiefst erschrocken rief Breda ihren Sohn drei Tage hintereinander an. Er legte jedes Mal auf. Am vierten Tag ließ er sich herbei, mit ihr zu reden. «Was?»

«Es tut mir so leid, Liebes», sagte Breda unter Tränen. «Ich habe ein Ticket gekauft. Ich werde da sein.»

«Wir wollen dich hier nicht. Du bist nicht willkommen. Judith sieht das genauso.»

«Aber warum, Schatz? Ich habe doch gesagt, dass es mir leidtut. Ich möchte dabei sein. Ich wusste nicht, dass es dir so viel bedeutet.»

«Bist du verrückt? Hast du eigentlich eine Ahnung, was hier vor sich geht?»

Breda sagte: «Sei nicht fies zu mir, Patrick. Bitte.»

«Fies? Ach ja? Du nennst mich fies?» Die Verbindung brach ab.

Breda rief ihre Tochter an. Siobhan, bei der sich Gereiztheit ebenso leicht einstellte wie Gewissheit, sagte: «Mom, es ist einzig und allein seine Schuld. Er macht bloß Theater.»

«Meinst du wirklich?», fragte Breda dankbar.

«Natürlich», sagte Siobhan. Breda hörte im Hintergrund ein Kind schreien. «Siehst du denn nicht, was hier vor sich geht? Er ist immer noch nicht erwachsen geworden. Er ist immer noch das Baby der Familie. Er hat immer noch diese infantilen Erwartungen, was deine Aufgaben und deine Macht angeht. Er braucht die große, dramatische Beziehung zu seiner Mutter. Das hast du davon, wenn du ihn wie ein Baby behandelst.»

Mit dieser Klage war Breda vertraut: wie unfair beschwerlich Siobhans Leben im Vergleich mit dem ihres jüngeren Bruders gewesen sei; dass es Patrick stets geschafft habe, in den Genuss von Vergünstigungen – Darlehen, Flugtickets, Geschenke – zu kommen, die man ihr vorenthalten habe, und dass Patrick Bredas Augapfel sei. «Vermutlich», sagte Breda.

«Ich sage das nicht gern, Mom, aber man erntet, was man sät. Clark, hörst du wohl auf!» Der Junge plärrte weiter. «Du, ich muss jetzt Schluss machen», sagte Siobhan und legte auf.

Als Breda Tommy in Costa Rica anrief, sagte er: «Ich habe schon mit dem Jungen geredet. Er kam mir irgendwie völlig fertig vor, um ehrlich zu sein. Weißt du, hier zu sein, umgeben von all diesen Wäldern und unberührten Orten, das lehrt einen etwas. Man lernt, die spirituelle Welt zu schätzen.» Was für ein Müll!, schrie Breda stumm. Du Hochstapler! Du und diese Hochstapler-Schlampe! «Irgendwie kapiere ich schon, warum Patrick sich so aufregt. Dieses jüdische Ding, Harry, die Brit Mila, Judith … Du musst zugeben», sagte Tommy, «es ist irgendwie abgefahren.»

Breda war aufgelöst. Bisher war immer sie diejenige gewesen, mit der Patrick sprach, wenn er etwas zu besprechen hatte, nicht Tommy. Und warum hatte eigentlich Tommy keinen Ärger gekriegt, als er gesagt hatte, er könne nicht zu der Brit Mila kommen, weil Ute zu dieser Zeit in Deutschland sei und er sich um das Restaurant kümmern müsse? Gab es in Costa Rica keine Angestellten?

Sie rief erneut ihren Sohn an. Er sagte: «Ich überlege es mir nicht anders. Ich möchte, dass du zugibst, was hier vor sich geht.»

Von seiner Rachsucht verblüfft, sagte sie: «Das ist eine sehr emotionale Sache. Du bist sehr aufgebracht. Das verstehe ich völlig.»

«Wer's glaubt», sagte Patrick.

«Patrick, bitte, es war ein unbeabsichtigter Fehler.»

«Ja, so wie der Holocaust auch ein unbeabsichtigter Fehler war.»

«Das verstehe ich nicht», sagte Breda. Ihr war übel. Sie hatte keine Ahnung, wie sie sich aus dieser Situation retten konnte. «Was soll ich denn zugeben? Was habe ich denn so Schlimmes getan?»

Patrick kam in Fahrt. «Es geht darum, was du *nicht* getan hast. Du hast diese Sache nie ernst genommen. Du bist auf Distanz geblieben. Du hast dich herausgehalten. Und inzwischen weiß ich auch, warum. Es ist glasklar. Dass ich Judith geheiratet habe, hat dir nicht gepasst, und du kannst nicht akzeptieren, dass Joshua als Jude aufwächst. Das stört dich. Und genau darum geht es. Um Antisemitismus. Er hat sechs Millionen Menschen umgebracht. Er hätte meinen eigenen Sohn umgebracht. Damit kann ich nicht leben.»

Und so hatte er ihr unter Verwendung des Ausdrucks «Persona non grata» den Umgang mit seiner Familie verboten. Nach der Brit Mila bedurfte es Tommys Intervention aus der Ferne, um ein Treffen in der Praxis von Dr. Goldberg in New York zustande zu bringen. (Auf Bredas Kosten. «Ich sehe überhaupt nicht ein, warum ich das hier bezahlen soll», hatte Patrick gesagt.)

Den Vorwurf des Antisemitismus wiederholte Patrick in der zweiten von drei Sitzungen, die sie bei Dr. Goldstein hatten. Breda wies ihn zurück, doch weil ihr klarwurde, dass Dr. Goldstein und Patrick das Thema nicht fallenlassen würden, und weil sie jede Verlängerung der Diskussion fürchtete, erklärte sie rasch, dass sie auf irgendeiner Ebene ja vielleicht tatsächlich gegen Patricks Heirat mit einer Jüdin gewesen sei, dass sie die ganze Geschichte mit der Vorhaut vielleicht abstoßend gefunden habe und dass darin vielleicht eine Erklärung dafür liege, was passiert sei.

«Gut gemacht, Breda», sagte Dr. Goldstein. «Das muss Ihnen schwergefallen sein.» Er erklärte: «Wegen des Holocaust, der Sklaverei und allem, was wir mittlerweile über Vorurteile wissen, ist es in gewisser Weise tabu, sich zu Gruppenpräferenzen zu bekennen. Tatsächlich aber sind wir alle zugunsten unserer eigenen Art und deren Traditionen voreingenommen.» Weitere anderthalb Sitzungen wurden diesem Thema und Patricks «Gefühlen von Enttäuschung» gewidmet. (Gott, wie empfindsam Männer waren – wenn es um sie selbst ging.) Man versicherte einander, dass man Verständnis füreinander habe, und Dr. Goldberg schlug Breda unter vier Augen vor, dass «eine Geste der Wiedergutmachung» vielleicht eine gute Idee wäre. Und damit, so schien es, hatte es sich. Die Krise war vorüber.

Was ihn selbst angehe, sagte Patrick, so werde er vergeben und vergessen. «Aber eins will ich doch noch sagen, Mom: Eines Tages wird dein Enkel erfahren, dass du nicht zu seiner Brit Mila gekommen bist. Damit wirst du immer leben müssen.»

Tja, sagte sich Breda im Flugzeug, falls Joshua irgendwann in der Zukunft überhaupt Lust verspürte, über die Episode nachzudenken, würde er zweifellos verstehen, dass sie überhaupt nichts dafür gekonnt hatte.

Es war gegen 22 Uhr Kalifornien-Zeit, und draußen war es dunkel. Normalerweise wären sie ungefähr um diese Zeit gelandet, aber ihr Abflug von New York hatte sich aufgrund von Unwettern verzögert. Breda schloss die Augen. Sie war gerade am Einschlafen, als die Fette nach einem Überkopf-Schalter langte und sie damit aufschreckte. «Verzeihung», rief die Frau einer Flugbegleiterin laut zu. «Verzeihung.»

«Myra, lass das», zischte ihr Mann.

«Ich bin nicht wie du. Du würdest jahrelang warten.»

«Du musst lernen, geduldig zu sein. Und ich würde nicht jahrelang warten. Das ist eine Übertreibung.»

Breda öffnete die Augen und schloss sie wieder. Jetzt redeten ihre Sitznachbarn über den kürzlichen Arztbesuch der Frau.

«Ich bin so dick», sagte die Frau, «dass sie mir kein Blut abnehmen konnten.»

«Manchmal haben sie bei einem Menschen mit mehr Fleisch am Arm Probleme, eine Vene zu finden», sagte der Mann.

«Ich komme mir vor, als hätte ich überhaupt kein Blut», jammerte die Frau.

«Das ist doch Unsinn, Myra», sagte der Mann.

«Ich wusste nicht, dass ich da keine Vene habe.»

«Es ist nicht so, dass du da keine Vene hast. Sondern sie konnten sie nicht finden. Ich bitte dich, Baby, das weißt du doch.»

«Ja, schon, aber es gefällt mir nicht.»

Inzwischen hellwach, dachte Breda über die Frage der Wiedergutmachung nach. Das Wort gefiel ihr kein bisschen. Es ließ sie dastehen wie eine Kriegsverbrecherin, wie eine dieser Schweizer Banken. Aber ihr kam trotzdem eine Idee: warum nicht eine spezielle Holzbank für ihren Sohn und ihren Enkel in Auftrag geben? Sie konnten darauf sitzen, sich unterhalten, alles Mögliche. Es konnte ihr Platz sein. Eine Bank war leicht instand zu halten. Sie konnten sie im Garten oder, noch besser, an einem öffentlichen Ort aufstellen – zum Beispiel im Van Cortlandt Park, wo Tommy und Grandpa Pat miteinander spazieren gegangen waren. Die Bank bekäme natürlich eine Inschrift, die sie als Geschenk einer Großmutter ausweisen würde. Auf diese Weise wären drei, vielleicht sogar vier Generationen vereint. Die Idee verdankte sich etwas, was Breda in London gesehen hatte, wo Parks und Plätze voller Bänke zu sein schienen, gestiftet von Amerikanern, die sich in die Stadt verliebt hatten. Die Bänke beschworen längst dahingegangene Menschen und Zeiten – sehr häufig die Kriegsjahre – herauf, doch in ihrer schönen englischen Umgebung wirkten sie unverwüstlich romantisch. Breda, deren einzige London-Reise in der Zeit nach dem Tod ihres Vaters stattgefunden hatte, hatte erwogen, dort eine Bank zu seinem Gedenken zu stiften, schließlich aber entschieden, dass das nicht sonderlich sinnvoll wäre, da Dad nur zweimal auf Geschäftsreise in London gewesen war und keine echten Bindungen zu der Stadt hatte – Dad, der nun zusammen mit Mom auf einem baumlosen Friedhof in Boston lag.

Aber wohin oder wozu haben wir überhaupt Bindungen?, fragte sich Breda. Die Welt erschien ihr mit jedem Tag traumähnlicher: Morgens war alles gut: Aufwachen, zur Arbeit fahren, sich ihrer Arbeit widmen, Mittag essen. Doch dann, während sie durch den Nachmittag und in den Abend hineinsegelte, ertappte sie sich dabei, dass sie an der Solidität ihrer gesamten Umgebung zweifelte. Jeder Augenblick, so schien es, war kaum zu unterscheiden von irgendeinem vergangenen oder sogar künftigen Augenblick. Und während ihres Besuchs in New York hatte sie fortwährend das Gefühl befallen, die um sie herum sich abspielenden Familienszenen – jede eine intensive Variation einer schon einmal stattgefundenen Szene – hätten so viel oder so wenig Substanz wie eine Wiederholung im Fernsehen. Sie war, musste sie feststellen, deprimiert von Joshuas musikalischer Plastik-Schildkröte, die infolge schwächer werdender Batterien eine langsame, ächzende und schreckliche Version von «Row, Row, Row Your Boat» von sich gab. Als Sohn, Enkel und Schwiegertochter sie am Flughafen zum Abschied küssten, hörte sie sich hervorsprudeln: «Jetzt seid ihr noch da, aber gleich seid ihr alle weg.»

Mit geschlossenen Augen musste Breda an eine Kindheitsfreundin denken, Cynthia Byrne, die vor kurzem aufs College zurückgekehrt war und Bibelwissenschaft studierte. Cynthia war ihr Leben lang eine fromme Katholikin gewesen, und so war Breda leicht schockiert, als sie ihre Freundin nach einjährigem Studium verkünden hörte, die Bibel sei eine vergleichsweise junge und mit Sicherheit plagiatorische Sammlung von Mythen. Breda konnte sich nicht im Einzelnen an Cynthias Aussagen erinnern, aber es lief auf Folgendes hinaus: Ein Großteil des Alten Testaments leite sich aus schon vorher existierenden syrischen, assyrischen oder babylonischen Quellen her. Die Juden seien nie aus Ägypten geflohen und hätten schon immer in Israel gelebt. Moses sei genauso ein Phantasieprodukt wie Micky Maus. Wahrscheinlich auch König David. Die großen Geschichten des Alten Testaments seien erdacht worden, um bestimmte jüdische Stämme auf Kosten anderer jüdischer Stämme zu pushen. «Wie so oft in der Geschichtsschreibung», sagte Cynthia zu ihr, «waren diese Mythen im Wesentlichen eine Übung in Selbstverherrlichung und Selbstlegitimierung. Schön, ja; wirkmächtig, ja; aber faktisch gesehen Quatsch.»

«Na, wenn du das sagst», sagte Breda.

«*Ich* sage gar nichts», sagte Cynthia scharf. «Das ist gewöhnliche Archäologie. Frag irgendwen, der Ahnung davon hat.»

Obwohl Breda die Fähigkeit, an Gott zu glauben, längst abhandengekommen war, störte es sie, dass Cynthia die alten religiösen Überzeugungen einfach so abtat. Andererseits aber hatte sie den mosaischen Glauben schon immer etwas suspekt gefunden, eine Religion, die, sofern sie sich nicht irrte, nur wenig oder keinerlei Aussicht auf ein Leben nach dem Tod bot. Von den Juden wurde erwartet, dass sie sich mit Beten, Perücke-Tragen und Essensvorschriften das Leben schwermachten – wozu? Christentum und Islam waren zwar auch seltsam, aber sie verhießen wenigstens den Himmel. Natürlich begann jedes Vertrauen in den Himmel zu bröckeln, sowie man darüber nachdachte; andererseits bröckelte alles, wenn man darüber nachdachte, alles, was einem als wahr und transzendent weisgemacht worden war.

Jetzt waren ihre Augen offen. Sie spürte, wie das Flugzeug durch Wolken nach unten ruckelte, dann sah sie irdische Lichter, in Mustern angeordnet und hoffnungsfroh stimmend. Sie schämte sich. Ihr Sohn wollte eine Welt mit einer zusätzlichen Dimension für sich und seine Familie. Sie, Breda, machte es ihnen schwer. Sie zog sie herunter.

Das Flugzeug landete um ein Uhr morgens, drei Stunden nach der geplanten Ankunftszeit, in Oakland. Es folgte eine äußerst ärgerliche Verzögerung mit dem Gepäck, und so wurde es drei, bis Breda ihren Kofferkuli in Richtung Taxistand schieben konnte. Aber es gab keine Taxis, und die Warteschlange schien kilometerlang. Während Breda am Kantstein stand und langsam verzweifelte, kam ein schwarzer Mann vorbei, der «Taxi,

Taxi» murmelte, und sie versuchte, den Mut aufzubringen, sein Angebot anzunehmen, obwohl er einen illegalen Eindruck machte. Dann tauchte hinter ihr ein anderer Reisender, ein Geschäftsmann, auf und winkte den Schwarzen entschlossen heran. «Park Plaza Hotel», sagte der Geschäftsmann.

Der Taxifahrer wedelte mit der Hand. «Nein, nein, bloß anderthalb Kilometer fahre ich nicht.»

Der Geschäftsmann hatte mit dieser Antwort gerechnet und wedelte mit einem Zwanzigdollarschein. Breda empfand das als einen Akt ehrfurchtgebietender Weltgewandtheit.

Der Fahrer zögerte, dann sagte er: «Okay», und ging weg, um seinen Wagen zu holen.

Breda kam der Gedanke, dass sie nur wenige Minuten von einem sauberen Hotelbett entfernt war, während es noch zwei anstrengende Stunden dauern könnte, bis sie zu Hause ankam. Wieder sah sie den Geschäftsmann an. Sie öffnete ein, zwei Sekunden lang den Mund, dann endlich sagte sie etwas. «Verzeihung», sagte sie, «aber haben Sie gerade gesagt, dass Sie zu einem Hotel fahren?»

Der Mann wandte sich ihr zu. Er hatte helles Haar, war stämmig gebaut, Mitte vierzig. «Ja, hab ich wohl.» Er hielt inne. «Brauchen Sie eine, äh, Mitfahrgelegenheit?»

Seinem Akzent nach kam er aus den Südstaaten. «Na ja, ich habe mir überlegt», sagte Breda, «dass es anscheinend nicht viel Sinn hat, hier zu warten.»

«Ich nehme Sie mit dem größten Vergnügen mit», sagte er und sah dabei weder vergnügt noch unvergnügt aus.

«Danke», sagte Breda.

Sie standen verlegen beieinander, bis der Wagen kam. Der Geschäftsmann half Breda mit ihrem Gepäck. Er hatte etwas Anziehendes, fand Breda – der athletische Schwung, mit dem er ihre Koffer handhabte, seine zupackende Art. Breda stieg hinten ein und wartete, während der Geschäftsmann seine eigenen Sachen im Kofferraum verstaute. Dann ließ er sich neben Breda nieder und knallte mit einem leichten Ruck seines Oberkörpers über sie hinweg die Tür zu. Seine Schulter berührte die ihre, und Breda erlebte ein jähes Aufwallen sexueller Erregung von einer Art, an die sie keine Erinnerung hatte.

Die Strecke bis zum Hotel war auf fast schon komische Weise kurz, und sie kamen nach scheinbar nur wenigen Sekunden Fahrt dort an. Als Breda dem Mann Geld anbot, sagte er: «Nein, wirklich, das ist nicht nötig», und stieg rasch aus. Er nahm seine Computertasche und seinen Koffer, ging geradewegs zum Hotel und überließ es Breda, mit ihrem Gepäck zurechtzukommen.

Breda nahm es ihm nicht übel. Als sie die Eingangshalle betrat, sprach der Geschäftsmann gerade mit der Frau am Empfang. Breda stellte sich hinter ihm an.

«Marietta, Georgia», sagte die Frau, während sie die Adresse des Mannes in ihren Computer eintippte.

«Stimmt», sagte der Mann.

Die Frau tippte weiter. «Wahrscheinlich sprechen Sie das Mah-retta aus, oder?»

«Könnte sein.»

Sie kicherte. Sie war eine Blondine in den Vierzigern. «Mein Bruder hat dort gewohnt, in Marietta. Sie kommen nie drauf, wo er jetzt wohnt.»

«Ich gebe auf», sagte der Mann. An seiner Stimme konnte Breda nicht erkennen, ob er sich amüsierte oder nicht. Sie bewegte sich etwas zur Seite, um sein Gesicht in den Blick zu bekommen.

«In Sibirien», sagte die Rezeptionistin. «Hat sich dort mit seiner russischen Freundin Land gekauft.» Sie reichte ihm die Schlüsselkarte für sein Zimmer. Zimmer 207, wie Breda bereits festgestellt hatte.

«Er hat sich ein Grundstück in Sibirien gekauft?» Jetzt war

der Mann hellwach. «Kann er sich denn dort seinen Rechtstitel versichern lassen?»

«Ich weiß nicht. Ich denke schon.»

«Wenn ich meinen Rechtstitel nicht versichern lassen kann», sagte der Mann, «wenn ich keine hieb- und stichfeste Rechtstitelversicherung kriege, dann lasse ich die Finger davon.»

Breda fand die feste Meinung des Mannes zur Rechtstitelversicherung beeindruckend. Sie sah ihm nach, während er zum Fahrstuhl hinüberging.

Sie bekam Zimmer 214, das, wie sich herausstellte, nur zwei Türen von Zimmer 207 entfernt auf der anderen Flurseite lag. Es war fast vier Uhr, aber Breda duschte. Hinterher betrachtete sie im Badezimmerspiegel ihren Körper. Ihr Gesicht hatte sie noch nie gemocht – sie sah eine dünne Oberlippe und Haare, die noch nie, nicht einmal zehn Minuten lang, richtig geschnitten oder frisiert gewesen waren –, aber sie konnte ganz neutral sagen, dass ihr Körper sich seit einigen Jahrzehnten eigentlich nicht verändert hatte. Jedenfalls nicht sehr. Während sie sich das Handtuch um die Brust feststeckte, fragte sie sich, ob die Frau des Geschäftsmanns das ebenfalls von sich behaupten konnte – und erlaubte sich, daran zu zweifeln. Immer vorausgesetzt, er hatte eine Frau, was nicht sicher war, da er keinen Ehering getragen hatte. Breda beschloss, ihr weiteres Vorgehen auf die Annahme zu stützen, dass er unverheiratet oder zumindest nicht in festen Händen war.

Sie fing sich. Weiteres Vorgehen? Wohin? Und wie und zu welchem Ende? Vor Verlegenheit schloss sie die Augen. Er hatte durch nichts zu erkennen gegeben, dass er sie anziehend fand, war mindestens fünf Jahre jünger und schlief inzwischen so gut wie sicher. Wie stellte sie sich das vor? Dass sie auf Zehenspitzen auf den Flur gehen und an seine Tür klopfen würde? Das war verrückt, ausgeschlossen; nichts zu tun schien aber auch ausgeschlossen zu sein. Nicht mit diesem Mann zusammen zu sein kam ihr grotesk unmöglich vor, wie die Unmöglichkeit eines fortwährenden Todes.

Breda spritzte sich Wasser ins Gesicht. Was passierte da mit ihr? Sie hatte jedes Gefühl von wirklich und unwirklich verloren. Wach auf!, drängte sie ihr Spiegelbild. Aber hier hatte sie eine Wirklichkeit: Der Mann war nur zehn Meter entfernt. Zehn Meter! Und wenn sie hinausginge und vor seiner Tür stünde, wären es nur noch vier Meter! Und wenn sie an seine Tür klopfte, wäre das Schlimmste, was passieren könnte, dass sie einen Korb bekam; die positive Seite dagegen … Breda löste das Handtuch und ließ es auf den Boden fallen. Den Blick immer noch auf den Spiegel gerichtet, drückte sie das Kreuz durch und streckte den Hintern heraus. Weiß wie eine Wolke, dachte sie. Allerdings wünschte sie, er wäre runder. Sie wünschte … Sie schloss die Augen. Es reichte.

Doch ins Zimmer zurückgekehrt, ertappte sie sich dabei, dass sie fahrig in BH und Slip schlüpfte. Die Sachen waren neu, von Garnet Hill und vielleicht nicht unbedingt sexy, aber sicherlich hübsch. Doch was sollte sie dazu tragen? Ihr Nachthemd mit dem verblassten Blumenmuster kam nicht in Frage, und einen Hotelbademantel gab es nicht. Breda griff nach ihrem Regenmantel. Ein Regenmantel über Unterwäsche. Das war eine Kombination, die sie an Faye Dunaway denken ließ. Faye Dunaway – in Bredas Augen die schickste Frau der Welt, jedenfalls vor all diesen Schönheitsoperationen – würde geradewegs zu Zimmer 207 hinübergehen, an die Tür klopfen und so, dass man unter ihrem Mackintosh ein BH-Körbchen sah, um Feuer bitten.

Der Regenmantel fühlte sich kalt an auf ihrer Haut. Er ließ ihren Hals und die Falten an ihrem Schlüsselbein frei. Breda schlug den Kragen hoch, zog den Gürtel fest und musterte sich erneut. Sie verließ das Badezimmer.

Sie legte sich im Regenmantel aufs Bett. Plötzlich war sie erschöpft und auf jene zunehmend vertraute und erschreckende Weise losgelöst – von der Welt von Faye Dunaway, der Welt von Kindern, der Welt des Käses. Sie würde auf dem Friedhof in Boston bei ihrem Vater und ihrer Mutter beerdigt werden. Und mit diesem Gedanken fand sie Ruhe und, immer noch im Regenmantel, Schlaf.

DIE REFERENZGEBER

Ich esse mit Michael, einem Freund aus Studienzeiten, zu Mittag, in der geheimen Absicht, ihn um einen Gefallen zu bitten. Das ist aber nicht der einzige Grund, weshalb ich mich mit ihm treffe. Ich mag Michael, so wie jeder. Er ist unterhaltsam. Er beschließt, mir von seinem Nachbarn zu erzählen, einem gewissen Gus –

«Gus?», sage ich. «Doch nicht etwa Augustus?»

«Gustavus», sagt Michael.

– der sich offenbar jahrelang übellaunig und feindselig verhalten hat –

«Moment mal», sage ich. «Gustavus? Wie in Gustavus Adolphus?»

«Was? Er heißt Gustavus Goldman. Gus Goldman.»

– dieser Typ, dieser Gus, der in der Wohnung neben der von Mike wohnt und sich früher oft reizbar und wenig hilfsbereit gezeigt hat, was, wie es scheint, mit seinem Alkoholismus zusammenhängt, dieser Typ hat ein neues Kapitel aufgeschlagen und ist jetzt ein nüchterner, viel zufriedenerer, geradezu angenehmer Mensch, versucht seit einigen Monaten, sich mit meinem Freund Mike anzufreunden, und «Mike»t ihn –

«Hast du gesagt, er ‹Mike›t dich?»

Michael sagt: «Du weißt schon, ‹Mike› hier, ‹Mike› da.»

«Ach so, ja.»

– «Mike»t ihn mit dem Ziel, Michael zu seinem Kumpel zu machen. Aber Michael will nicht der Kumpel von Gus werden.

Er mag den Typen nicht, obwohl der Typ, den er nicht mag, von einem viel sonnigeren und umgänglicheren Nicht-Arschloch abgelöst worden ist, das es schon irgendwie verdient, dass man sich mit ihm anfreundet, und für Michaels Unterstützung und Bestätigung auf dem schwierigen Pfad der Tugend zweifellos dankbar wäre –

«Stopp», sage ich. «Inwiefern war er ein Arschloch? Was genau hat er gemacht?»

«Gemacht? Er war ein Arschloch. Er hat sich wie ein Arschloch verhalten.»

«Du sagst, er war unfreundlich.»

«Nein, das sage ich nicht. Ich *muss* das nicht sagen. Ich sage, dass ich selbst beurteile, ob er ein Arschloch ist oder nicht. Das ist mein *Vorrecht*. Es ist kein objektiver Test. Es spielt keine Rolle, ob neun von zehn Leuten ihn toll finden. Es spielt keine Rolle, ob er der großartigste Nachbar aller Zeiten ist. *Ich* entscheide, mit wem ich mich anfreunde, und zwar nach meinen Kriterien.»

«Klar», sage ich. «Recht der Assoziation.»

Michael, der Anwalt ist, sagt: «Also, das ist ein etwas anderes Konzept.»

– egal, Gus ist also trocken und bietet Michael seine Freundschaft an, und die Frage, die sich stellt, ohne dabei aus den Augen zu verlieren, dass Michael die grundsätzlich uneingeschränkte Freiheit besitzt, jedweden aus jedwedem Grund auf jedweder Distanz zu halten, die er für angemessen erachtet, die Frage, die sich stellt, ist –

Ich sage: «Die Antwort lautet nein. Tu's nicht. Ein Arschloch ist ein Arschloch. Gib nicht nach.»

– die Frage, die *sich stellt*, fährt Michael fort, ist nicht, ob er sich mit Gus anfreunden soll, denn das wird niemals passieren, man kann ein jahrelanges Dasein als Arschgeige nicht einfach ungeschehen machen, so funktioniert das Leben einfach nicht, nein, die Frage lautet, wie man so mit der Situation *umgehen* kann, dass nicht plötzlich *er,* Michael, das Arschloch ist; denn er hätte zwar das Recht, ein Arschloch zu sein –

«Stimmt. Man darf ein Arschloch sein. Das ist nicht illegal.»

– aber ein Arschloch zu sein ist nicht das, was er *will;* und so, wie die Dinge stehen, ist jetzt Gus der nette Kerl und er, Michael, das Arschloch.

Mein Freund stößt ein bellendes Gelächter aus. An dieses bellende Gelächter erinnere ich mich gut, und es ist, als wären wir wieder an der NYU, in dem Wohnheim in der 13th Street. Ich sage: «Ja, das stimmt, einer muss das Arschloch sein. Und Gus kann es nicht sein. Jedenfalls nicht mehr. Er hat ein neues Kapitel aufgeschlagen. Gus ist jetzt nett.»

Michael sagt: «Es ist wie beim Pokern. Wenn du in die Runde schaust und nicht dahinterkommst, wer das Arschloch ist – rate mal! Dann bist *du* es.»

Das alte Hin und Her ist immer noch da, die alten Frotzeleien, das enge Verhältnis; und wir essen mit Vergnügen unsere Hamburger fertig und haben uns jede Menge Neuigkeiten zu erzählen. Meine Neuigkeiten sind interessanter, würde ich sagen, zum Beispiel meine interessante Scheidung, meine interessante Mittellosigkeit und meine interessante Einsamkeit, seit ich aus Portland, Oregon, nach New York zurückgekehrt bin, aber Michael muss unbedingt zig eigene Anekdoten loswerden, sodass ich nicht groß zu Wort komme und erst in letzter Minute erwähnen kann, dass ich gerade dabei bin, eine Wohnung in Prospect Heights zu mieten. «Es ist eine Eigentümergemeinschaft», sage ich zu ihm. «Ich muss Referenzen vorlegen. Hey, Mike», sage ich mit der fröhlichen Ironie von früher, «könntest du mir eine schreiben? Du hast Firmenbriefpapier. Das wird denen gefallen.»

Wir teilen uns die Rechnung: Michael bezahlt den kompletten Betrag mit einer Firmen-Kreditkarte, und ich bezahle ihm meine Hälfte in bar. «Klar», sagt er. Wir schütteln uns die Hand. «Schick mir eine Mail.»

Und genau das tue ich bei meiner Rückkehr ins Büro. Michael antwortet binnen einer Stunde:

> Hi, Rob. Bei genauerer Überlegung komme ich zu dem Schluss, dass ich das nicht machen kann. Ich habe hier ein paar Leute konsultiert, und sie stimmen darin überein, dass aus anwaltlicher Sicht eine Bekanntschaft aus Studentenzeiten eine unzureichende Grundlage für eine Referenz darstellt. Anders sähe die Sache aus, wenn ich aus erster Hand über dein Leben nach der Universität Bescheid wüsste. Ich hielt es für richtig, dir so rasch wie möglich Bescheid zu geben. Michael.

Was für ein Arschloch, kann ich wohl mit Fug und Recht sagen.

Es würde keine Rolle spielen, nur spielt es leider eben doch eine. Ich brauche so schnell wie möglich zwei Referenzen, und bislang ist es mir nicht gelungen, auch nur eine einzige einzuholen.

Das ist nicht ganz richtig. Von Tariq habe ich Folgendes bekommen:

> Sehr geehrte Damen und Herren: Als sein Vorgesetzter kenne ich Rob Karlsson seit zwei Wochen. In dieser Zeit hat er sich als angenehmer und verantwortungsbewusster Mensch gezeigt. Ich hoffe, Ihnen damit gedient zu haben.

Tariq ist Brite und lässt sich deshalb vielleicht von irgendeinem Protokoll der Untertreibung leiten, mit dem ich nicht vertraut bin. Jedenfalls ist seine Empfehlung, so formuliert, nicht das, was ich suche. Der Wohnungsvermieter, Travis – ein 26-Jähriger, der so etwas wie Juniorchef eines Restaurants und dennoch irgendwie wohlhabend ist – teilt mir mit, dass die Eigentümergemeinschaft (laut ihrer weitergeleiteten E-Mail) «aussagekräftige Referenzen, die besonders auf die an einen Mitbewohner gestellten hohen Ansprüche in Bezug auf Integrität und Auftreten eingehen» fordert.

Mir ist klar, dass das ein bisschen zu viel verlangt ist von Tariq, doch in der kurzen Zeit, die wir einander kennen, haben wir bei unserem Projekt gut zusammengearbeitet, und ich bilde mir ein, dass wir im Zuge unserer praktisch allabendlichen Feierabend-Drinks zu einer durchaus echten sozialen Bindung gefunden haben; dann nämlich hört er auf, mein Vorgesetzter zu sein, und ist einfach nur ein Typ, der möchte, dass ich ihn mit einem Mädchen bekanntmache, das gern mit ihm bekanntgemacht werden möchte. Dabei kann ich ihm leider nicht helfen. Nach Jahren an der Westküste sind meine New Yorker Kontakte so ziemlich verkümmert. Es kostete einige Mühe, Paul ausfindig zu machen, auf dessen Sofa ich derzeit schlafe – falls das der richtige Ausdruck für das ist, was ein Schlafloser tut –, dabei kann ich nicht einmal behaupten, dass Paul, der Sohn einer Cousine meiner Mutter, überhaupt so etwas wie ein enger Kumpel von mir wäre, und wenn ich ganz ehrlich bin, habe ich ihn nicht aufgespürt, weil er Paul als solcher, sondern weil der arme Teufel der einzige New Yorker Bekannte war, der wahrscheinlich so nett sein würde, mich bei sich pennen zu lassen, bis ich etwas Festeres und Passenderes gefunden hätte. Paul selbst wohnt im Wesentlichen bei seinem Freund in Manhattan; seit der Schlüsselübergabe haben wir uns nur ein einziges Mal zu Gesicht bekommen. Natürlich habe ich ihn um eine Referenz gebeten, und weil er ein verlässlicher, aufrechter Mensch ist, der mich (zugegebenermaßen sehr flüchtig) seit unserer Kindheit kennt und streng genommen zur Familie gehört, kann ich wohl darauf zählen, dass er damit rüberkommt, obwohl er beruflich sehr eingespannt ist; seit er sich bereitgefunden hat, das Notwendige zu tun, ist schon über eine Woche vergangen, und allmählich drängt die Zeit.

Auf keinen Fall darf ich der offenkundigen Tatsache, dass ich mich im Alter von sechsunddreißig Jahren außerstande sehe, ohne weiteres zwei Personen zu benennen, die mich gut genug kennen, um überzeugend und aufrichtig erklären zu können, dass ich als Mensch hinlänglich okay bin und demzufolge in enger Nachbarschaft mit anderen leben kann, die falsche Art von Bedeutung beimessen. Das wäre eine oberflächliche und übermäßig verhängnisvolle Betrachtungsweise.

Nun auch noch das, gerade aus Portland gekommen:

Robert, es freut mich zu hören, dass du eine Wohnung gefunden hast, die dir gefällt. Ich habe mir Sorgen um dich gemacht. Schön zu sehen, dass es dir gut geht. Ich möchte dich bitten, bis auf weiteres keinen Kontakt mit mir aufzunehmen. Es tut uns nicht gut, ins Leben des jeweils anderen einbezogen zu werden. Deswegen werde ich dir auch nicht die persönliche Empfehlung ausstellen, um die du gebeten hast. Das verstehst du sicher. Viel Glück bei allem, Robert. Samantha.
Hast du Billy gefragt?

Ich habe große Lust, Samantha zurückzuschreiben und ihr klarzumachen, dass es mir nicht um eine weitere Einbeziehung in ihr Leben geht, sondern dass ich vielmehr lediglich um eine einmalige bürokratische Gefälligkeit bitte. Außerdem möchte ich bestreiten, dass es mir «gut geht», eine bloße Behauptung, mit der sie, wie ich finde, im Grunde genommen eine Decke über mich und meine Situation wirft, als wäre ich ein kleines Feuer, das man löscht, und – Moment mal: Billy?

Billy wer?

Samantha mailt nicht zurück. Aber Travis schickt eine SMS:

Schon die Referenzen besorgt? Will die Sache endlich eintüten.

Ach so – *Billy*.

Billy ist mein bester Jugendfreund. Wir haben seit fast zehn Jahren keinen Kontakt mehr. Das ist meine Schuld, wie ich zugeben muss. Billy kam mit Mitte zwanzig nach «NYC», wie er es stets nannte, nicht lange, nachdem er verspätet die Leistungspunkte gesammelt hatte, die er für einen Abschluss in Betriebswirtschaft an der Mankako State brauchte, hing etwas über ein Jahr lang nonstop, so kam es mir vor, mit Samantha und mir herum, baggerte unentwegt ohne Erfolg Samanthas Freundinnen an, wobei er mich oft als «moralische Unterstützung» einspannte, und schleppte mich zu Hockeyspielen mit, auf die ich absolut keine Lust hatte. Billy arbeitete damals im Vertrieb einer Firma für Babynahrung in Midtown. Sein Traum war, sich eine welterobernde Idee für ein «Start-up» auszudenken, und er und ich verbrachten viele Abende in meiner Wohnung, wo wir Bier tranken und, falls wir uns nicht in Erinnerungen an die Figuren und Ereignisse unserer Teenagerjahre in St. Paul ergingen, über die magische «Synergie» nachdachten, die sich, wie Billy glaubte, aus einer «Verschmelzung» seiner Geschäftstüchtigkeit mit meinem Computerfachwissen ergäbe. Oft, so entsinne ich mich, klopfte er mit dem Finger an seinen Schädel und sagte, er, sein Schädel, enthalte «die Schlüssel zum Königreich». Unterdessen verkroch sich Samantha im Schlafzimmer. Es war ein unhaltbarer Zustand. Billy ist ein netter, etwas spezieller Mensch, keine Frage, und überhaupt nicht böswillig, aber seine Gesellschaft wurde unerträglich anstrengend. Außerdem gewöhnte er sich an, mich zu tadeln. Wenn ich zum Beispiel einen leicht negativen Gedanken äußerte – etwa «Der Kaffee ist zu schwach» oder «Wenn diese Typen bloß mal die

Lautstärke runterdrehen würden» –, sagte Billy so etwas wie: «Reg dich ab, Mann, du wirst auf deine alten Tage noch richtig snobistisch», und er sagte es mit einem sonderbaren, zornigen Lachen. Ich wünschte mir unentwegt, mein alter Freund würde sich irgendwie ändern oder schlau werden oder weiterziehen, aber wenn überhaupt, steigerte er nur, was ihn seiner Ansicht nach ausmachte, sodass eine Art Karikatur eines Billy aus Minnesota entstand, ein Extremist des Gut-drauf-Seins, der verlässlich die nette oder Wohlfühl-Seite jedes Themas besetzte und dafür sorgte, dass alle anderen sich im Vergleich dazu zynisch und beschissen vorkamen. Es bedurfte eines langwierigen und schrecklichen Prozesses der Zurückweisung von meiner Seite, um unserer Beziehung ein Ende zu machen. Ich glaube wirklich, dass das Trauma, das mit der ganzen Episode einherging, der Grund war, warum ich mich so dafür begeisterte, die Stadt zu verlassen, in der ich acht im Übrigen glückliche und produktive Jahre verbracht hatte, und nach Portland umzuziehen, wo Samantha ein Jobangebot von Wieden + Kennedy und ich einen klasse Deal bei einem echten Start-up aufgetan hatte, das die Logistik-Branche revolutionieren wollte und für das ich Software entwickeln sollte.

Obwohl wir nicht miteinander kommuniziert haben, sind Billy und ich auf Facebook befreundet geblieben. Daher weiß ich, dass er immer noch in der Tri-State-Area wohnt und als Regional Sales Director arbeitet, was vielversprechend klingt. Genau wie der Umstand, dass er verheiratet ist und zwei Töchter hat. Aber eigentlich will ich keinen Kontakt mehr zu ihm haben, es sei denn, es geht um eine Art Notfall.

Hey, Billy. Alles gut? Sieht so aus, als wäre ich wieder in NYC. Samantha und ich haben uns getrennt. Lange Geschichte. Nicht schön. Kann ohne Bier nicht darüber reden. Hör mal, kannst du mir einen Gefallen tun? Ich bin in der Klemme.

Dann tippe ich meine Bitte um eine Referenz, schicke das Ganze ab und gehe schlafen.

Travis habe ich eine SMS geschickt:

Keine Sorge. Läuft.

Das ist nicht ganz geflunkert: Ich habe Nachrichten an zwei vertrauenswürdige Menschen in Portland geschickt: meinen alten Start-up-Kollegen Halil; und Courtney, die zwar in erster Linie Samanthas Freundin ist, mit der ich mich aber unabhängig davon gut verstehe, wie ich finde. Referenzen von Auswärtigen vorzulegen ist nicht ideal, da es vielleicht die Sichtweise gibt, dass sie die anspruchsvollen Normen, an die sich New Yorker Eigentümergemeinschaften halten, nicht wirklich begreifen, aber was soll's.

Cousin Paul mailt auf meine Erinnerung hin:

Hi Rob tut mir wahnsinnig leid könntest du es für mich schreiben?? Irre viel zu tun … Ich unterschreibe alles, was du schreibst … Danke …

Am Morgen sehe ich, dass Halil immer noch nicht geantwortet hat. Damit habe ich nicht gerechnet. Als das Start-up schließlich zusammenklappte – etwa zur selben Sekunde wie meine Ehe –, war Halil derjenige, der auf tiefe Abschiedsblicke, Chest-Bumping und Sprüche wie «Blutsbruder» und «Muchacho» abfuhr.

Courtney hat mir geantwortet:

Rob, dies zu schreiben fällt mir schwer.
Ich habe Sam, die eine schwere Zeit durchmacht, im zurückliegenden Jahr sehr nahegestanden. Sie hat, was ihre Erfahrungen angeht, vieles mit mir geteilt. Ich muss sagen, dass ich es in

vieler Hinsicht schmerzhaft fand. Ich fühle mich schuldig, weil ich nicht sehen konnte, was vor sich ging, und weil ich nicht für sie da war, als sie mich brauchte. Jetzt schulde ich ihr meine ganze Aufmerksamkeit. Aus diesem Grund muss ich das, worum du mich bittest, wegen Befangenheit ablehnen. Das hat nichts mit dir zu tun. Es geht lediglich darum, dass ich die Eigenverantwortung für das übernehme, was ich tun muss.

Was hat diese E-Mail eigentlich zu bedeuten? Befangenheit? Wer ist sie, Sonia Sotomayor?

Ich kann nur das kontrollieren, was ich kontrollieren kann. Zum Beispiel Pauls Brief schreiben. Das ist etwas, was ich sofort erledigen kann.

Aber mir selbst auf die Schulter zu klopfen, und sei es mit einem Alter Ego, ist eine anspruchsvolle Aufgabe. Um mir Unterstützung zu holen, gehe ich online. Dort finde ich jede Menge hilfreiche Muster für Referenzen, allerdings für Menschen in Situationen, die sich von meiner unterscheiden – z. B. Menschen, die sich für Stellen, Praktika oder Stipendien bewerben, nicht aber Menschen, die Zugang zu einem Wohngebäude suchen.

Ich muss sagen, dass ich ein bisschen verblüfft bin. Mir ist klar, dass ich erfundene Dokumente und Personen vor mir habe, aber wir bewegen uns doch wohl im Reich des Realismus, und die Bewerber sind ziemlich überdurchschnittlich. Joe ist herausragend, virtuos, ein Anpacker, der komplexe Systeme sehr gut erklären kann. Mary besitzt Biss und Sanftmut, Mitgefühl und hervorragende forensische Fähigkeiten. Arturo ist loyal, zielstrebig und vernünftig. Die wirkungsvollsten Empfehlungen erzählen kleine Geschichten: wie Emily während des Stromausfalls großartige Führungsqualitäten zeigte; wie Ken so sensibel und effektiv, wie man das von ihm erwarten durfte, mit einem überaus anspruchsvollen Kunden umging.

Der Empfehlungsbrief für Annie, verfasst von ihrem High-school-Lehrer, ist geradezu rührend in seiner Darstellung des Fleißes einer jungen Frau und ihres schon früh an den Tag gelegten Einsatzes für soziale Gerechtigkeit. Nominell gibt es da draußen jede Menge anständiger, angenehmer und verlässlicher Menschen. Es ist, offen gesagt, einschüchternd. Ich hatte keine Ahnung, dass die Latte so hoch liegt.

Als ich – nach ein paar Kurzen mit Tariq leicht angeschickert – von der Arbeit zurückkomme, lehnt ein FedEx-Päckchen an der Tür, und ich sehe, dass es für mich ist, und reiße es auf. Es enthält einen Umschlag. Auf dem Umschlag steht in Billys eleganter Handschrift mein Name.

Ich hole mir ein Bier und setze mich an Pauls Küchentisch.

Billy: Als er an die Ostküste kam, wohnte er bei mir und Samantha in Williamsburg, bis er ein Zimmer in Manhattan fand. Brooklyn kam nicht in Betracht; es musste eine Adresse in Manhattan sein. Das war eine Frage der Würde, nehme ich an, genau wie sein Beharren darauf, dass er «einen fahrbaren Untersatz» brauchte. Wahrscheinlich war er mein einziger New Yorker Freund mit eigenem Wagen. Das fand ein Ende, als er auf dem FDR in einen kleinen Zusammenstoß verwickelt wurde und ihm nichts anderes übrigblieb, als sich des Drogenmissbrauchs am Steuer (Gras) schuldig zu bekennen und einen einjährigen Führerscheinentzug zu akzeptieren. Ich begleitete Billy zum Gericht, aus Solidarität in Anzug und Krawatte. Hinterher zündeten wir uns auf der Treppe des Gerichtsgebäudes Zigaretten an, obwohl ich das Rauchen aufgegeben hatte. Wir flachsten über den Staatsanwalt, einen unglücklich wirkenden Typen, den ich in der Toilette dabei erspäht hatte, wie er sich rätselhafterweise übergab. Von viel anderem war nicht die Rede. Es war ein sonniger Tag, und wir saßen in unseren Anzügen und Sonnenbrillen nebeneinander, rauchten, fühlten uns gut und sahen in unseren Augen auch gut aus. Natürlich hatte der Augenblick etwas vollkommen Unoriginelles und Ana-chronistisches, aber er war trotzdem etwas Besonderes und für mich das Highlight der, wie ich wohl sagen muss, tragischen New Yorker Phase unserer Freundschaft.

Der Umschlag ist von hochwertigem Elfenbeinweiß, genau wie das Briefpapier, das in perfekte Drittel gefaltet ist. Billy hat sich wirklich nicht lumpen lassen. Da es sich um ein offizielles Dokument handelt, wasche ich mir die Hände, bevor ich es aufklappe und lese:

LECK. MICH. ARSCHLOCH.

Okay – das ist nicht nett. Das ist genau genommen ziemlich verletzend.

Obwohl ich, wenn ich mir vorstelle, wie Billy sämtliche Details ausheckt und austüftelt – die Beleidigung, das schicke Briefpapier, die Eilzustellung –, lächeln muss.

Mit großer Freude empfehle ich Ihnen Robert Karlsson. Robert und ich wohnen seit mehreren Monaten in meinem kleinen Apartment zusammen. Das Zusammenleben gestaltet sich vollkommen harmonisch und angenehm. Robert ist jederzeit ruhig, hilfsbereit, rücksichtsvoll, ordentlich und charmant – alles, was man sich von einem Mitbewohner nur erhoffen kann. Das überrascht nicht weiter, da ich Robert und seine Familie seit über zwanzig Jahren kenne. Ich kann mich ohne Bedenken und ohne Einschränkung für ihn verbürgen.
Bitte wenden Sie sich jederzeit vertrauensvoll an mich, falls Sie in dieser Sache noch Fragen haben.
Mit freundlichen Grüßen, Paul Robson.

War das etwa schwer? Ich würde sogar sagen, es hat Spaß gemacht. Und ich finde nicht, dass es Quatsch ist. Anders formuliert: Ich bezweifle stark, dass die sehr geehrten Damen und Herren, die es angeht, sich irgendwann in der Zukunft beklagen werden, sie seien grundlegend irregeführt worden, denn grundlegend ist ja wohl, wie ich bin, und nicht, ob irgendeine Aussage über mich eine harmlose oder nicht ganz so harmlose Lüge ist. Ich glaube aufrichtig, dass ich jemand bin, der keinen Ärger macht, schon gar nicht meinen Nachbarn. Sehr geehrte Damen und Herren: Entspannen Sie sich. Rob Karlsson wird Ihnen keinen Kummer machen. Ich kenne ihn schon länger als so gut wie jeder andere, und ich muss es wissen. Er ist derjenige, der als vierzehnjähriger Pfadfinder zusammen mit Simon Burch eine Zwei-Tage-Wanderung durch die Wildnis des Quetico Provincial Park unternahm und auf dem 8-km-Rückmarsch zum Basislager sowohl seinen als auch Simons Rucksack trug, weil Simon sich am Rücken verletzt hatte. Er ist derjenige, der Wally Waters nicht verpetzte, nachdem Wally ihn die Treppe hinuntergeschubst hatte und der Direktor wissen wollte, was genau passiert sei. Dieser Rob Karlsson ist der Rob Karlsson, der so tat, als hätte er sich am Wurfarm verletzt, damit Carlos Rodriguez endlich ein Inning lang durchpitchen konnte. Das ist derjenige, um den es hier geht. Um den ersten Jungen, den Amanda McAteer küsste und der keiner Menschenseele davon erzählte, weil Amanda nicht wollte, dass es sich herumsprach. Der am College ehrenamtlich (wenngleich wenig zuverlässig und nur kurz) bei Citymeals on Wheels mitarbeitete. Der definitiv nicht vorbestraft ist. Der zwar definitiv so etwas wie ein Sünder ist und viel Mist baut, aber «das Herz auf dem rechten Fleck hat», jedenfalls laut einer bestimmten Person, die in dieser Frage Glaubwürdigkeit besitzt. Der, was niemand bestreiten kann, von Natur aus kooperativ ist. Der Unfreundlichkeiten in Online-Kommentaren unterlässt, auch wenn er betrunken ist und ein Pseudonym benutzt. Der ein braves Kind war, wie sein Vater einmal sagte. Der als kleiner Junge seinen Vater auf Spaziergängen begleitete, wo er sich für Wildblumen interessierte und die gemeine Schafgarbe, den Dreiblatt-Feuerkolben und den Langblättrigen Sonnentau kennenlernte, an die er sich nur wegen ihrer eindrucksvollen Namen erinnert, nicht etwa, weil er sie noch bestimmen könnte, denn das kann er nicht. Dem es am allerbesten gefiel, im Wald spazieren zu gehen, dem schon das Wort «Wald» gefiel, allerdings nicht so sehr wie das Wort «Lichtung», und der seinen Vater ständig fragte: Dad, ist das eine Lichtung?

VERSPRECHEN, NICHTS
ALS VERSPRECHEN

Zum Gedenken an David Foster Wallace

S ie hatten Meerblick versprochen, und sie hatten geliefert. Weit unten war tatsächlich der Ozean, mit Wellen, die immer wieder kleine weiße Quasten bildeten, als wäre, was sich dem Blick darbot, in Wirklichkeit vielleicht ein unermessliches, unermesslich monotones Sich-Ausrollen blauer und grüner Läufer. Es war sechs Uhr morgens. Sechs Surfer, die auf ihren Boards saßen, hatten das Wasser für sich allein.

«Kaffee?», rief Fritz aus dem Haus, und Anne drehte sich nach hinten und rief zurück: «Nein, danke.»

Sie wandte sich rechtzeitig zurück, um zu sehen, wie das Sextett aufsprang und losglitt. Dann sah sie, dass weiter draußen, viel weiter draußen ein kleiner schwarzer Kopf auf dem Wasser lag. Der Schwimmer bewegte sich geradewegs vom Ufer weg. Anne beobachtete ihn – «ihn», weil sie in der Bewegung seiner Arme etwas Maskulines wahrnahm. Er schwamm hinaus, immer weiter hinaus.

«Was würdest du sagen, wie weit er ist?», fragte sie Fritz.

Fritz trank schlürfend einen Schluck Kaffee. «Eine halbe Meile, würde ich sagen.» Falls Fritz sich wie ein Experte anhörte – und das tat er –, dann lag es daran, dass sie in Tucson ein Langschwimmbecken besaßen, in dem Fritz jeden Morgen zweiundsiebzig Bahnen schwamm, was laut ihm eine Meile ergab, und Anne hatte nicht die Absicht, seine Berechnungen zu überprüfen. Sie schwamm niemals in dem Langschwimmbecken. Sie fand den blauen Wassersarg beklemmend, genau wie das Fitnessstudio im Nachbargebäude ihres Büros in der Innenstadt, ein Aquarium voller Licht, in dem allabendlich eine Reihe Läufer auf die Glasscheibe zurannte.

Sie beobachteten den Schwimmer. «So einen gibt's an jedem Strand», sagte Fritz. «Das ist nach dem Rollenverteilungsgesetz für Strände von 1972 so vorgeschrieben. Es gibt die drei scharfen Bräute, die durch die Brandung waten, es gibt das Kind mit dem Eimer, und es gibt den Typen, der in Richtung Horizont schwimmt.»

Anne, die schon mehrere Versionen dieses Witzes gehört hatte, sagte nichts. Ihre Aufmerksamkeit galt dem Seefahrer. Er war ganz allein. Jeder Schlag hinaus war ein Schlag, den er auch zurückschwimmen musste, deshalb zählte jeder Schlag doppelt. Aber sie zählte nicht mit.

DER TOD
VON BILLY JOEL

Zu seinem vierzigsten Geburtstag organisiert Tom Rourke einen Golftrip nach Florida. Er mailt insgesamt zehn Leuten, aber nur drei sagen ja. Ein paar, darunter auch einige seiner ältesten und historisch und theoretisch besten Freunde, bringen nicht einmal die Energie auf zu antworten. Von den dreien, die zusagen, sind zwei, Aaron und Mick, seine regelmäßigen Golfpartner in New York und erst seit wenigen Jahren mit ihm befreundet. Nur das letzte Mitglied des Quartetts, David, war in den Achtzigern zusammen mit Tom auf dem College. David lebt mittlerweile in Chicago. Tom hat David lange nicht gesehen, und ihn wiederzutreffen gehört zu den Dingen, auf die er sich am meisten freut.

Vor zwanzig Jahren, als er und seine Altersgenossen mit einer piratenhaften Energie, die er heute wunderbar findet, die Welt enterten, hätte es Tom überrascht zu erfahren, dass nur einer seiner studentischen Schiffskameraden einem so wichtigen Ruf folgen würde. Doch der Tom von heute ist nicht überrascht oder gar enttäuscht. Ein Vierer ist für eine Golfreise perfekt. Und wenn er schon über die Planke in die Vierziger gehen muss – und es sieht, obwohl er es noch nicht recht glauben kann, ganz danach aus –, dann geben Aaron, Mick und David, die mehr oder weniger in seinem Alter sind, prima Zeugen ab. Tom macht sich keine allzu großen Gedanken um den Meilenstein, jedenfalls noch nicht, denn von seinen

Dreißigern ist noch fast ein Monat übrig. Der einzige Moment von Beunruhigung ergibt sich, als seine Mutter bei einem Anruf aus Connecticut sagt: «Eines kannst du mir glauben, die Jahre zwischen vierzig und fünfzig gehen blitzschnell vorbei.» Die Bemerkung erschreckt und enttäuscht ihn zugleich: Seine Mutter hat ihre niemals endende Pflicht versäumt, denkt Tom, der nicht ohne Schuldgefühle selbst zwei Kinder gezeugt hat, ihm das Geschäft von Leben und Tod weniger beängstigend erscheinen zu lassen.

Tom trifft sämtliche Vorbereitungen. Er bucht die Hotelzimmer, die Platzzeiten und drei Rückflugtickets nach Tampa/St. Petersburg. (David kombiniert den Ausflug nach Florida mit einer Geschäftsreise nach Nashville und trifft seine Reisevorbereitungen selbst.) Die Tickets von New York nach Tampa und zurück kosten einschließlich Steuern nur 230 Dollar, aber das hält seine Reisegefährten nicht davon ab, sich im Taxi nach LaGuardia laut zu fragen, ob Tom nicht etwas Preiswerteres hätte bekommen können. «Ich habe sie auf Travelocity bekommen», sagt Tom. «Es waren die günstigsten, die zu kriegen waren.» Er verteilt die Computerausdrucke, die heutzutage als Flugtickets durchgehen.

Aaron sagt: «JetBlue hast du nicht probiert? JetBlue erscheint nicht auf Travelocity.»

«Das sind jedenfalls die Tickets, die ich gekriegt habe», sagt Tom leicht verärgert. Von Essen, Bars, Musik, Animefiguren, Cocktails, Klamotten und – wie Tom soeben in Erinnerung gebracht wurde – vom Internet versteht Aaron mehr als er. Aaron hat natürlich auch Zeit, sich über solche Dinge schlauzumachen, jetzt, da er von Frau und Sohn getrennt ist und einen Großteil seiner Zeit mit seiner nagelneuen, sechsundzwanzig Jahre alten venezolanischen Freundin verbringt.

Getrennt auf Fensterplätzen sitzend, fliegen die drei New Yorker los. Jeder, so erscheint es Tom, ist froh, seine Ruhe zu

haben, ungestört durch ein dickes Plastikbullauge hinaus-
blicken und dabei seinen Gedanken nachhängen zu können.
Worüber genau nachgedacht wird, kann Tom nicht sagen. Die
Begegnungen der Männer beschränken sich fast ausschließlich
auf Golfpartien, und Möglichkeiten zur Selbstoffenbarung er-
geben sich nur wenige im introspektiven Kosmos jeder Runde,
in der die paarweise in summenden Wägelchen umherfahren-
den Spieler im Wesentlichen taktvolles Schweigen wahren,
knappe oder fröhliche Worte der Verzeihung und Ermutigung
von sich geben oder kichernd monetäre Berechnungen anstellen. Tom vermutet, nicht allzu trübsinnig, wie er findet, dass
seine Freunde sich mit dem beschämenden inneren Rätsel herumschlagen, das ihn seit etwa einem Jahr stark beschäftigt:
dass seine wesentlichen Lebensäußerungen – diejenigen, die
mit seiner toleranten, tüchtigen Frau, seinen Töchtern, seiner
unaufdringlich affirmativen Arbeit zu tun haben – weitgehend
und aus Gründen, die er nicht genau ausmachen kann, zu
einem bloßen Anschein von Vitalität geschwunden sind. Was
vielleicht die zunehmend unverhältnismäßige Dankbarkeit erklärt, die er und seine Freunde für das Golfspiel empfinden.
Jedenfalls gehören die Zeiten, in denen er draußen auf dem
Platz steht, zu den wenigen Gelegenheiten, bei denen Tom
von seinem sogenannten Platz im Universum überzeugt ist
– überzeugt, obwohl er begreift, dass dieses Abenteuer mit dem
Golf – ein Klischee – den Trichter des Banalen, durch den seine
Existenz immer schneller verrinnt, nur erweitert.

Queens besteht, als sie es überfliegen, nur aus Schnee
und tintenschwarzen Straßen, eine zum Panorama geworde-
ne Zeitung. Der Hudson, den Tom als Nächstes sieht, ist mit
großen, halb durchsichtigen Eisplatten gesprenkelt. Es ist ein
ungemütlicher, elender Start ins Jahr 2004, der zweitkälteste
Januar seit einem halben Jahrhundert, und er verspürt enorme
Erleichterung darüber, südwärts zu ziehen. In Tampa schwebt

das Flugzeug um eine Bucht, der spektakuläre türkisblaue Wirbel etwas Exotisches verleihen. Die Männer recken die Hälse, um hinauszuschauen, denn es ist ihr erstes Mal in Tampa. Das Land dort unten wirkt wasserreich, flach und von großzügigen Vierecken bestimmt: Dächer, Grundstücke, Häuser, Lagunen haben alle etwas nahezu quadratisch Geräumiges. Der Vormittag ist trübe, laut dem Piloten aber nicht kalt. Tom erinnert sich, dass die monströse Kälte zu Beginn des Monats, als die Temperatur auf minus zwanzig Grad fiel, in der sonnenerleuchteten Stadt auf unheimliche Weise dem Blick verborgen blieb; diese Erinnerung an das bösartige Unsichtbare beunruhigt ihn. Dann erspäht er die einem Band gleichenden Fairways eines Golfplatzes, die vom Flugzeug aus unverfänglich und sinnlos wirken, und beruhigt sich.

Am Flughafen geht alles gut. Ihre Schläger und Taschen tauchen praktisch als Erste auf dem Karussell auf – Tom verspürt ein Aufwallen von Rührung beim Anblick seiner kleinen, braunen Lederreisetasche, die sich tapfer zwischen rüpelhaften schwarzen Koffern behauptet –, und sie haben keine Mühe, das Hertz-Büro zu finden. Obwohl Tom eine mittelgroße Limousine gebucht hat, beschafft Aaron ihnen ein Upgrade auf einen SUV. Auf der Fahrt nach Clearwater diskutieren sie ohne Schärfe über SUVs und deren Tendenz, andere Verkehrsteilnehmer umzubringen und sich zu überschlagen, doch im Grunde sind sie begeistert: Zur allgemeinen Ungläubigkeit ist keiner von ihnen schon einmal mit einem SUV gefahren. Das erfreulichste Ausstattungsmerkmal des Fahrzeugs ist sein Satellitenradio. Weder Tom noch Mick wissen, wie man es bedient, aber Aaron natürlich schon. Er findet einen Rap-Sender – «fucking» hier und «motherfucker» da, was über Satellitenradio offenbar ausgestrahlt werden darf –, doch Mick, der sich mit der Begründung, dass er größer ist als Tom, auf den Beifahrersitz gesetzt hat, beschließt, dass etwas Schöneres vonnöten ist.

Er entscheidet sich für einen Sender, der Songs aus den Achtzigern spielt. Sie ertragen einige Minuten Hall & Oates, dann ein Stück mit einem jener seichten Saxophon-Solos, die sie, da sind sie sich einig, nicht mehr hören wollen, solange sie leben. Mick drückt den Knopf an der Bedienkonsole des Satellitenradios, und sie hören Hits aus den Siebzigern. Der erste Song, der gespielt wird, ist «Last Dance» von Donna Summer.

Tom entsinnt sich der Partys, auf die er in der Mittelschule ging und auf denen «Last Dance» den letzten Tanz signalisierte. Selbst jetzt noch vermittelt ihm der Song ein unangenehmes Gefühl von verrinnender Zeit. Als Nächstes kommt Rod Stewart, den er immer als Witz betrachtet hat. Trotzdem ist er überwältigt davon, wie Rod «You Wear It Well» singt. Er denkt an seine Schwester, die diesen Song geliebt hat; inzwischen ist sie in Arizona verheiratet und für ihn in jederlei Hinsicht verloren. Als der SUV ans Ende des Fahrdamms kommt, der nach Clearwater führt, beginnt Billy Joel zu singen. Mit Billy Joel ist Tom nie richtig warmgeworden. Er erhebt keine Einwände, als Aaron sagt: «Das kann ich nicht hören», und zu dem Rap-Sender, -Kanal oder -Programm – oder wie auch immer das im Satellitenradio heißt – zurückkehrt.

Die drei Golfspieler treffen beim Belleview Biltmore Hotel mit Wellnessbereich ein. Tom hat Zimmer zu einem Sonderpreis gebucht, den Hotels.com angeboten hat und der, wie sie feststellen werden, etwas über dem liegt, den das Belleview Biltmore selbst angeboten hätte. Ein Moment leichter Spannung entsteht, als die Männer knickrig debattieren, ob sie den Parkdienst (drei Dollar plus Trinkgeld) in Anspruch nehmen sollen: Einerseits regnet es, andererseits gibt es nicht weit vom Hoteleingang entfernt kostenlose, reguläre Parkplätze. Was soll's, beschließen sie, fahren mit dem SUV bis direkt vors Hotel und beauftragen Aaron, den Hoteldiener zu bezahlen. Sie wissen noch nicht, dass man ihnen ungeachtet dessen, ob der Hoteldiener den Wagen für sie parkt oder nicht, eine Parkgebühr berechnen und beim Auschecken zusätzlich zu den sechs Dollar, die sie dem Hoteldiener bezahlt haben, weitere drei Dollar abverlangen wird.

Die Männer stellen ihre Taschen auf ihren Zimmern ab und begeben sich geradewegs zu dem an das Hotel angeschlossenen Golfclub, dessen Platz von Robert Trent Jones gestaltet worden ist. Es gibt einen kleinlichen Zank um Handicaps, bei dem Aaron schamlos um zusätzliche Schläge bettelt. Das beherrschende Gesprächsgenre des Wochenendes steht bereits fest: freundliches Gekabbel mit Phasen von etwas gewollter Sonnigkeit.

Es regnet leicht, als sie beim ersten Loch ankommen. Das liefert ihnen nur umso mehr Grund, sich die Sache etwas zu erleichtern und mit vorderen Abschlägen zu spielen. Aaron wirft ein langes weißes Tee in die Luft, um die Honor zu bestimmen. Als es auf dem Boden landet, zeigt es auf Tom. Der zieht das riesige Holz 1 heraus, das seine Frau ihm zu Weihnachten geschenkt hat, und schlägt nach ein paar Probeschwüngen ab. Der Ball fliegt in einer Kurve hinter einen kleinen Hügel rechts vom Fairway und verschwindet. Mick sagt: «Ich bin mir nicht sicher, ob Robert Trent Jones dafür was springen lässt.»

Nach neun Löchern machen sie beim Clubhaus halt und essen zu Mittag. Mick ergreift die Gelegenheit, lauthals ihre Schläge zusammenzuzählen, und kichert, während die Summen in schrecklichen Sprüngen von sechs und sieben anwachsen. Keiner hat gut gespielt. Aaron, der besonders untröstlich über seine Leistung ist, kauft sich ein Päckchen Zigaretten und bietet seinen Freunden davon an. «Scheiße, warum nicht, schließlich ist es mein vierzigster Geburtstag», sagt Tom. Mick nimmt sich ebenfalls eine, obwohl er wie Tom offiziell und ein für alle Mal in sämtlichen ehelichen Zusammenhängen Nichtraucher ist. Von der Zigarette wird Tom, der in seinen Zwanzigern kräftig geraucht hat, unangenehm schwummrig, und er beschließt, keine mehr zu rauchen, ein Entschluss, gegen den er nach einem dreifachen Bogey am elften verstoßen wird. Sie spielen im Regen weiter. Beim fünfzehnten Grün, während er sich dem schattigen Loch mit den drei schmuddeligen Monden drumherum nähert, erlaubt sich Tom den Gedanken, dass dieser wenig abwechslungsreiche Golfplatz bei Rundengebühren von neunundsechzig Dollar den öffentlichen Plätzen in New York, wo sie für fünfunddreißig Dollar pro Runde spielen, so gut wie nichts voraushat. Trotzdem war es eine nette Runde, da sind sich die Spieler hinterher in der Umkleide einig.

Im Pro-Shop fragt Aaron die beiden adretten jungen Männer hinterm Tresen: «Was kann man denn abends hier so unternehmen?»

«Sich besaufen», sagt einer von ihnen.

Aaron sagt: «Ich meine, gibt es hier in Clearwater irgendetwas Interessantes? Eine Bar oder etwas, wo man essen kann?»

Die beiden jungen Burschen sehen einander mit seltsamer Lebhaftigkeit an, der eine sagt zum anderen: «Was meinst du?», und der andere, der offenbar dessen Gedanken liest, sagt zu den Besuchern: «Ybor City. Das liegt ungefähr eine Stunde von hier, in Richtung Flughafen. Da gibt es eine Menge guter Läden.»

Nachdem sich Tom auf Anraten eines Golfbekannten für Tampa entschieden hatte, hat ihm irgendwer erzählt, dass er sich für seinen Wochenend-Ausflug die Stripclub-Hauptstadt von Amerika ausgesucht hat. Auf den Straßen, die sie genommen haben, war von Stripschuppen nichts zu sehen, und aufgrund des vielsagenden Tons, den die Pro-Shop-Typen anschlagen, ist sich Tom ziemlich sicher, dass diese berühmten Etablissements in Ybor City liegen müssen. Dieses Wissen erfüllt ihn zugleich mit Furcht und mit Vorfreude: Vorfreude, weil immerhin Aussicht auf Frauen besteht, die sich ausziehen;

Furcht, weil er sich mit fast vierzig wirklich nicht dabei ertappen will, dass er Stripperinnen zusieht. Knallt mich einfach ab und begrabt mich, denkt er.

«Eine Stunde von hier?», sagt Mick und sieht Tom an.

Tom hört sich sagen: «Das ist zu weit.»

«Viel zu weit», sagt Aaron.

Die drei Freunde, die alle das Gleiche gedacht haben, beschließen voller Erleichterung, dort essen zu gehen, wo sie sind, im unschuldigen Clearwater.

Sie kehren ins Hotel zurück. Tom teilt sich ein Zimmer mit Aaron, und Mick wird mit David zusammengespannt, dessen Flug später am Abend eintrifft. Sie veranlassen, dass ein Wagen David am Flughafen abholt. Das geschieht mit Hilfe der Concierge. Auf die Bitte, ein Restaurant vorzuschlagen, erklärt sie: «Frenchy's, am Strand. Sie werden begeistert sein.» Sie holt einen fotokopierten Skizzenplan von Clearwater hervor und markiert die Strecke zum Frenchy's. Sie sagt, es sei Freitag Abend, das Restaurant werde gut besucht sein und – das ist nett von ihr, weil sie noch keine dreißig ist – voller «Leute in unserem Alter». Tom nimmt den Plan und betrachtet den hellgelben Weg, dem sie ganz genau folgen müssen, wie zu einem Schatz.

Doch bevor sie ins Frenchy's gehen, entspannen sie sich eine Stunde. Aaron will in den Whirlpool – schließlich ist das hier ein Wellness-Hotel – und fordert Tom auf, sich ihm anzuschließen. Tom, der es versäumt hat, Badesachen mitzunehmen, weiß nicht recht; doch am Ende zieht er zwei Unterhosen übereinander an und folgt Aaron nach unten. In einer Ecke des Heißwasserbeckens finden sie eine Stelle, wo sie sich ausstrecken und unterhalten können.

Tom sagt: «Weißt du, Suzannes Großmutter» – Suzanne ist Toms Frau – «hat mal für Mr. Jacuzzi gearbeitet.»

«Sie hat Jacuzzi gekannt? Wow.»

«Sie war seine Sekretärin», sagt Tom. «In Kalifornien. Vielleicht auch in Minnesota. Kalifornien oder Minnesota.»

Aaron sagt: «Und wie geht es Suzanne?»

«Großartig, ganz großartig», sagt Tom. Er verändert seine Position, um sich von dem Strahl den oberen Rücken massieren zu lassen. Er ist froh, dass er sich die Mühe gemacht hat, nach Florida zu kommen. «Wie läuft es denn mit dir und, äh, Consuela?» Tom ist es noch nicht gewöhnt, diesen verblüffenden Namen auszusprechen.

«Ach, prima», sagt Aaron.

Tom ist versucht, Aaron etwas eingehender über seine neue Situation auszufragen – und über die Ehe und die Frauen im Allgemeinen. Tom fühlt sich von seinem eigenen Elend bedrückt, und er beurteilt Aaron als Mann von Welt mit einem ausgeprägten Gefühl für deren Realitäten, einen Mann, der vielleicht in der Lage wäre, ihn über irgendetwas ins Bild zu setzen. Tom ist überzeugt, dass es irgendein Allgemeingut geben muss, das ihm vorenthalten worden ist, irgendein weit, aber dennoch selektiv verbreitetes Geheimwissen, irgendeinen Lebenskniff, den er in seiner Langsamkeit und Schlichtheit noch nicht begriffen hat. Zumindest einen solchen Kniff glaubte er bereits erkannt zu haben: Ehrgeiz. Erst kürzlich, während er von den zweifelhaft verdienten und einigermaßen grotesken Erfolgen diverser Bekannter erfuhr – er selbst ist Anzeigenleiter einer Zeitschrift, die sich an die Rechtsdienstleistungsbranche wendet –, hat es ihm gedämmert, dass diejenigen, die in einflussreiche Positionen aufsteigen, diejenigen sind, die die Vorstellungskraft besitzen, danach zu verlangen. Warum ist er nicht schon früher auf diesen Umstand aufmerksam gemacht worden? Warum war er gezwungen, diese Entdeckung selbst zu machen? In Unbehagen versetzt, lässt er sich nach vorn gleiten und senkt den Kopf ins heiße Wasser. Mit angehaltenem Atem bleibt er lange Zeit unter Wasser. Infolge des Eintauchens – komisch, dass es einem davon schon nach ganz kurzer Zeit besser geht – hat sich sein Bedürfnis, mit Aaron zu reden, gelegt. Es wäre ohnehin ein heikles Gespräch, da Aarons Trennung von Annette weniger als ein Jahr zurückliegt. Stichwort Klischees: Eines Abends kommt Annette von einem Klassentreffen zurück, erklärt, sie sei eine neue Frau und wieder jung, und verlangt, dass Aaron noch in derselben Nacht das Haus verlässt; was dieser, teilweise aus schierer Verblüffung, auch tut.

Tom sagt zu seinem Freund: «Weißt du was, ich glaube, ich habe genug.»

«Ich auch», sagt Aaron.

Sie gehen auf ihr Zimmer. «Du musst duschen», sagt Aaron sehr bestimmt, als wäre die Frage strittig. «Du weißt nicht, was in dem Whirlpool-Wasser drin ist.» Während Tom darauf wartet, dass Aaron im Badezimmer fertig wird, schaltet er den Fernseher ein und zappt herum. Auf dem CNN-Ticker erblickt er die zur Seite wegwandernden Worte «... Billy Joel, 55 Jahre alt.»

Tom denkt: Billy Joel tot? Erst vor ungefähr einem Monat hat er Fotos von Billy – ein weißer, wabbeliger Typ mit angegrautem Ziegenbart – in der *Post* gesehen. Billy war mit seiner neuen Freundin auf irgendeiner karibischen Insel, und sie rieb ihm den Rücken mit Sonnencreme ein. Wo war das, Tobago? Tom kann sich nicht mehr entsinnen. Aber die Nachricht überrascht ihn nicht, da der Sänger ganz offensichtlich Alkoholprobleme hatte. Er erinnert sich an irgendein Fiasko von einem Konzert mit Elton John, bei dem Billy so betrunken war, dass er nicht auftreten konnte.

Als Aaron aus der Dusche kommt, sagt Tom zu ihm: «Billy Joel ist gestorben.»

«Das gibt's doch nicht», sagt Aaron, der sich mit einem Handtuch den Kopf rubbelt.

«Ich habe es gerade auf dem Ticker gesehen. Mit fünfundfünfzig.»

«Mein Gott», sagt Aaron verhalten. «Und vorhin im Auto haben wir ihn noch gehört. Den Piano Man.»

Unter der Dusche interessiert sich Tom für seine Gefühle im Hinblick auf den toten Joel. Als Erstes stellt er fest, dass die Tätigkeit des Einschäumens seiner Kopfhaut mit Shampoo etwas Triumphierendes hat: Er ist hier, massiert die Anti-Schuppen-Lotion ein und lässt einen warmen, verstellbaren Wasserguss auf sich herabregnen, und Billy nicht. Als Zweites entdeckt er Erleichterung, die Erleichterung, die man empfindet, wenn man am Ende einer Rolle Toilettenpapier anlangt oder – er wickelt gerade ein vom Hotel gestelltes Stück Seife aus – wenn man endlich einen verkümmerten Seifenrest wegwirft. Ja, Billy glich einem geschrumpften alten Stück Seife. Nun, da er tot ist, scheint die Welt um eine Winzigkeit erneuert. Als Tom aus der Duschkabine tritt, pfeift er sogar.

Es regnet stärker denn je, als sie auf der Suche nach Frenchy's losfahren. Clearwater, angeblich ein zivilisierter Ort, erweist sich als Ansammlung von Einkaufszentren. Aaron und Tom pflichten der von Mick gebrummelten Äußerung bei, dass es hier nichts zu tun gebe, als in den gleichen Läden einzukaufen wie alle anderen, auszusehen wie alle anderen und sich zu verhalten wie alle anderen. Unterdessen haben sie trotz ihrer Karte Schwierigkeiten, Frenchy's zu finden, und machen bei einem Starbucks halt, um über Alternativen nachzudenken. Mick und Tom trinken Espresso; Aaron bestellt eine «Venti®» – das heißt gargantuanische – entkoffeinierte Soja-Latte. Tom sagt: «Venti. Die haben das jetzt als Warenzeichen eintragen lassen oder so was.»

Aaron sagt: «Ganz egal, was du sonst noch machst, benutze niemals das Wort ‹Venti›, um irgendetwas zu beschreiben.»

«Genau», sagt Mick. «Es sei denn, du bist auf Venti-Ärger aus.»

Endlich, als sie sich eine Gasse entlangwagen, die zu einem Parkplatz führt, finden sie Frenchy's. Das Lokal ist hell erleuchtet, mit Fernsehern, in denen Highschool-Basketball läuft, grellen Grünpflanzen und wahllos auf Tischplatten und Leuchtkörper geschmierten Pastellfarben. Alte Leute und junge Gäste mischen sich fröhlich. Die Männer sind dick oder rotgesichtig oder beides, wie die New Yorker zu bemerken beschließen, und die unbegleiteten Frauen neigen zu einem Bekleidungsstil, den Mick als amateurnuttig bezeichnet. Schwarze sind keine da. Abgesehen von einem Typen mit einem schrecklichen Duck Hook auf dem Übungsplatz des Golfclubs haben sie seit ihrer Ankunft in Florida keinen Schwarzen gesehen, keinen einzigen. Eine Kellnerin reicht ihnen laminierte Speisekarten. Sie bestellen Bier, Calamari, Steak und Salat. Während das Essen zubereitet wird, treten sie mit ihren Getränken auf die Veranda. Von dort geht der Blick auf eine geräuschlose schwarze Leere, die sie für das Meer oder den Golf oder die Bucht halten müssen. Mick schnippt eine glimmende Kippe in die Dunkelheit. «Echt Venti, die Nacht», sagt er.

Ein Stück weiter knutscht ein Junge mit seiner Freundin. Das Mädchen, findet Tom, ist an den Jungen mit dem dünnen flaumigen Schnurrbart verschwendet. Das ist Tom peinlich. In letzter Zeit reagiert er beim Anblick einer hübschen jungen Frau mit ihrem Freund unweigerlich so: dass sie an ihn verschwendet ist. Als ob sie an Tom nicht verschwendet wäre; als ob es so toll wäre, mit Tom zusammen zu sein. Nicht zum ersten Mal fragt er sich, wie Suzanne es mit ihm aushält. Ihre Aufgaben, die noch einförmiger und erdrückender sind als seine, rufen bei ihr Unbehagen und Müdigkeit hervor, nicht aber, soweit er das beurteilen kann, schrecklichen, betäubenden Zweifel. Vielleicht ist es für Frauen anders, denkt Tom. Vielleicht sind sie darauf programmiert, effektiver und unbeirrbarer zu funktionieren. Aber wie ist dann das mit Aaron und Annette zu erklären? Von der Banalität und Sinnlosigkeit dieses Gedankengangs erbost, geht Tom wieder hinein.

Sie essen rasch. «Verschwinden wir von hier», sagt Aaron.

Im Hotel bedanken sie sich bei der Concierge für den Tipp mit Frenchy's und gehen in die Bar. Sie lassen ihre Golfergebnisse noch einmal Revue passieren und waten zufrieden in dem kleinen finanziellen Morast herum, in den ihre diversen Aktivitäten sie befördert haben: Sie verrechnen den Taxifahrpreis nach LaGuardia mit den Hotelkosten, den Flugtickets, dem Geld für den Parkdienst, dem Essen im Restaurant und den Golfwetten.

Ein Angestellter des Hotels nähert sich. «Mr. Rourke? Eine telefonische Nachricht.»

Die Nachricht kommt von David. Er ist in Chicago aufgehalten worden und muss das Wochenende sausenlassen. Er lässt sich entschuldigen.

«Das ist ja schade», sagt Aaron.

«Je weniger, desto besser», sagt Mick.

Sie gehen auf ihre Zimmer. Aaron und Tom ziehen sich bis auf T-Shirts und Boxershorts aus und legen sich ins Bett. Dann klingelt das Hoteltelefon. Aaron nimmt ab. «Es ist Suzanne», sagt er. Er hebt die Augenbrauen und flüstert: «Telefonsex.»

Tom nimmt den Hörer. «Hey, Liebling.»

«Na, wie läuft's?»

«Toll. Einfach toll. Obwohl es nicht aufgehört hat zu regnen.»

«Gut, gut. Hör mal, hast du den Verizon-Scheck schon abgeschickt?»

«Welchen? Den fürs Telefon oder den fürs Internet?»

«Ich weiß nicht. Den fürs Telefon, denke ich.»

«Glaube ich nicht. Aber ich habe auf jeden Fall eine Briefmarke draufgeklebt. Wieso?»

«Irgendwie kann ich ihn nirgends finden.»

«Er lag doch auf dem Schreibtisch, oder?»

«Habe ich auch gedacht. Aber ich sehe ihn nicht mehr.»

Tom wirft einen flüchtigen Blick auf Aaron, der in einer Zeitschrift blättert. Tom sagt: «Tja, ich weiß nicht, was ich sagen soll, Schatz.»

«Ich will nur einfach nicht in Verzug geraten, das ist alles.»

Tom holt Luft. Dann sagt er: «Okay, Süße, ich würde mir keine Gedanken machen. Er wird schon wieder auftauchen. Und wenn nicht, macht es auch nichts, oder? Was ist das Schlimmste, was passieren könnte? Wir bezahlen es nächsten Monat.»

Suzanne schweigt besorgt. Tom sagt: «Hör zu, geh einfach davon aus, dass ich ihn verlegt habe, okay? Du bist außer Verdacht, und ich habe ihn verlegt, okay? Wie geht es den Kindern?»

«Sie schlafen», sagte Suzanne. Dann sagt sie: «Ich glaube, ich mache auch Feierabend.»

«Gute Idee», sagt Tom. «Mach Feierabend, Liebling.»

Er legt mit einem Seufzer auf. Aaron fragt höflich: «Licht aus?»

Die beiden Männer liegen im Dunkeln in ihren Betten. Dann ertönt Aarons Stimme im Zimmer. «Weißt du, Tom, was die Sache mit Consuela angeht.»

Tom hört zu.

«Nach außen hin wirkt das vielleicht ganz toll, und es ist ja auch toll, natürlich ist es toll», sagt Aaron. «Aber es gibt kein Entkommen, oder? Weißt du, wovon ich rede? Ob du jetzt, ich weiß nicht, mit ein paar minderjährigen Nutten an einem Strand in Thailand bist oder ob du dir mit einer scharfen kleinen Juraprofessorin *Schlacht um Algier* ansiehst. So oder so, es geht einfach Schlag auf Schlag. Verstehst du, was ich meine?»

Tom spürt, dass Aaron ihn vor irgendetwas warnt – ihn von irgendetwas in Kenntnis setzt. Das könnte sie sein: eine der Andeutungen, die er braucht. Er sagt vorsichtig: «Ich denke schon.»

Die beiden Männer liegen da. «Also, ich bin fix und fertig», sagt Aaron. «Gute Nacht.»

«Gute Nacht», sagt Tom.

Am nächsten Morgen fahren sie zu einem anderen Golfplatz, wo sie sechsunddreißig Löcher spielen wollen, obwohl sich Mick nervös fragt, ob er die Kondition hat, das durchzuhalten. Der Starter am ersten Abschlag hat einen New Yorker Akzent. Er erzählt ihnen, dass er viele Jahre bei der Mordkommission in Manhattan gearbeitet hat. Der Ex-Cop sagt, er habe daran gedacht, sich an der Ostküste von Florida zur Ruhe zu setzen, aber hier am Golf sei es ihm lieber, weil es hier viel weniger «Rummel» gebe.

«Ihr wisst ja, was er mit ‹Rummel› meint», sagt Aaron, sobald sie außer Hörweite auf dem ersten Fairway sind.

Mick sagt: «Nichts Schlimmeres, als bis Florida runterzuziehen und dann festzustellen, dass man da genauso im Rummel steckt. Jedenfalls dann, wenn man sich zwanzig Jahre lang mit großkotzigem Rummel rumgeschlagen hat.»

Erst da geht Tom auf, dass mit «Rummel» Afroamerikaner gemeint sind.

Sie spielen sechsunddreißig Löcher und werden gerade fertig, als der graue Himmel sich seines Lichts entleert, die Grüns unmöglich zu lesen und fehlgegangene Bälle, die sich bei Tageslicht zwischen den Bäumen hervorheben, nicht mehr zu finden sind. Sie fahren zurück nach Clearwater. Alle paar Minuten, so scheint es, stoßen sie auf eine Mautschranke, und es gibt ein freundliches Gekabbel über die Maut und darüber, wer seinen Anteil schon bezahlt hat und wer nicht. Während der einstündigen Fahrt hören sie erneut Musik aus den Siebzigern; und erneut singt Billy Joel für sie. «Hey», freut sich Tom, Mick verkünden zu können, «er ist gestern gestorben.» Billy singt gerade «(This Is) My Life», Mick sagt sofort: «This *was* my life», und Tom versucht, sich etwas Witziges über Uptown Girls und Downtown Boys einfallen zu lassen, aber es gelingt ihm nicht. Als die Bee Gees laufen, fragt Mick: «Wie heißt noch mal gleich der tote Bee Gee?», und sie kommen per Ausschlussverfahren und indem sie den jüngsten Gibb-Bruder, der kein Bee Gee war, außer Acht lassen, auf den Namen Maurice. «Ich kannte mal einen Maurice Morris», sagte Aaron, und Tom beugt sich eifrig auf dem Rücksitz nach vorn und erzählt die Geschichte seines Jugendfreundes John Elder, der genau wie sein Vater Kirchenältester gewesen sei, mit der Folge, dass der Vater als Ältester Elder der Ältere bekannt gewesen sei. «Wenn sie nach Mexiko ziehen würden», sagt Mick, «hieße er El Ältester Elder der Ältere.» Inzwischen hören sie «Band on the Run» von Paul McCartney and Wings. Als Tom darüber witzelt, dass der Piano Man es jetzt im Himmel mit Linda McCartney treiben könne, reagiert Aaron verstimmt. «Hör schon auf, das war eine nette Frau», sagt er ernst. Die drei verstummen. Tom denkt an 1980 zurück, als er sechzehn war und zwei Mädchen, die er kannte, zu einem Billy-Joel-Konzert gingen. Hinterher begegneten sie ihm backstage. Die Mädchen erzählten, Billy Joel – mein Gott, er musste damals etwas über dreißig gewesen sein, obwohl er schon steinalt wirkte – sei sehr freundlich und sehr respektvoll gewesen. Tom überlegt, diesen Vorfall zu erwähnen, etwas Gutes über Billy Joel zu sagen.

Sie essen im Hotel zu Abend. Von Frenchy's oder Ybor City ist nicht die Rede.

Am nächsten Vormittag, dem Sonntag, spielen sie eine letzte Runde auf dem Hotel-Platz, diesmal vom hinteren Abschlag aus, und fahren danach direkt zum Tampa Airport. Dort wird Tom abermals mit der ärgerlichen Weltfremdheit konfrontiert, die ihn aus irgendeinem Grund ständig zu ereilen scheint. Er steht vor dem Abfertigungsschalter an der Straßenvorfahrt, als Aaron zu ihm sagt: «Check nicht hier ein, das kostet extra.»

«Ach ja?» Das hat Tom nicht gewusst. Der Mann am Schalter – endlich ein schwarzes Gesicht – hat sein Gepäck bereits etikettiert und steht stumm dabei. Als Aaron sich entfernt, um sich an der langen Schlange im Terminal anzustellen, sagt der Mann mit dröhnender Bühnenstimme: «Sir, nur damit Sie Bescheid wissen, für diese Dienstleistung wird keine Gebühr erhoben. Ob Sie ein Trinkgeld geben wollen, liegt ganz bei Ihnen. Aber eine Gebühr wird nicht erhoben.»

«Soll mir recht sein», sagt Tom mit einem Lächeln. «Machen wir weiter.»

«Nur dass es keine Missverständnisse gibt», fährt der Mann fort. «Sie schulden mir keinen Dime. Sie müssen nichts tun, was Sie nicht tun wollen.»

«Ja, ich verstehe völlig. Aber Sie haben doch nichts dagegen» – Tom reicht ihm einen Fünfdollar-Schein – «als Zeichen meiner Anerkennung das hier anzunehmen?»

«Zeichen der Anerkennung sind immer willkommen», sagt der Mann. «Aber ich erwarte oder verlange nichts. Nein, Sir.»

«Nein, nein, nein», sagt Tom rasch.

In einem Flughafenrestaurant essen die drei Freunde Hühnchen-Fajitas. Mit Bleistift und Papier werden sämtliche Ausgaben abschließend gegeneinander aufgerechnet. Aaron bittet um eine Ausnahmeregelung, was die doppelte Bezahlung des Hoteldieners angeht, und bekommt sie. Sie fliegen nach Miami, wechseln das Flugzeug und fliegen nach Hause, nach New York. Auf dieser letzten Etappe sitzen sie zum ersten Mal zusammen. Wie schon beim Hinflug lässt American Airlines sie hungern und dürsten und bietet ihnen während der dreistündigen Reise nichts als ein winziges Tütchen Salzbrezeln und einen Softdrink an. Um Hunger und Langeweile zu lindern, kaufen sie chilenischen Cabernet Sauvignon in Fünf-Dollar-Miniflaschen, teilen unordentlich die *Sunday Times* auf und bilden Anagramme aus dem Namen eines Potenzmittels – Levitra –, das in riesigen Anzeigen in der Zeitung beworben wird. Mick, ein

Werbetexter, muss das Wort kaum ansehen, um sofort mit *viel Rat, vitaler* und *Live Art* aufzuwarten. «Echt Venti», sagt Aaron bewundernd. Ein einziges Taxi bringt sie auf einem Zickzackkurs durch Brooklyn zu ihrem jeweiligen Zuhause. Um neun Uhr ist Tom wieder bei seiner Familie.

Am nächsten Morgen, einem Montagmorgen, geht Tom die Fifth Avenue entlang zur Arbeit, als er aus den Lautsprechern eines Kaufhauses niemand anderen als Billy Joel tönen hört – angesichts seines Todes vollkommen plausibel. Er fummelt sein Handy aus der Brusttasche und ruft Suzanne an.

«Was ich ganz vergessen habe», sagt er. «Hast du mitgekriegt, dass Billy Joel gestorben ist?»

«Nein. Er ist gestorben?»

«Ja. Am Freitag.»

«Also, davon habe ich nichts mitbekommen. Warte mal.» Suzanne, die schon bei der Arbeit ist, befragt Leute im Büro. «Nein», sagt sie, «hier hat niemand was davon gehört. Bist du dir sicher?»

«Ich habe auf dem CNN-Ticker irgendwas über Billy Joel, fünfundfünfzig Jahre alt, gesehen. Ich nehme an, es gibt keinen anderen Grund dafür, dass er in den Nachrichten kommt.»

Suzanne gibt weiter, was Tom gesagt hat. Er hört undeutliches Gerede, gefolgt vom klaren, perlenden Lachen seiner Frau. «Er ist nicht gestorben, Schatz», sagt sie. «Er hat sich verlobt. Mit einer Zweiundzwanzig- oder Sechsundzwanzigjährigen, da sind wir uns nicht ganz sicher.»

«Ach so», sagt Tom. «Mein Gott, und ich habe das ganze Wochenende über gedacht, er wäre tot.»

«Ist er aber nicht», sagt Suzanne. «Ganz im Gegenteil.»

Tom geht weiter die Fifth Avenue entlang. Es ist kalt. Überall türmt sich Eis. Ihm bleiben noch zwölf Tage, bis er vierzig wird. Tom erkennt – während er den Geburtstag als Deadline begreift und seinen Schritt beschleunigt –, dass er es bis dahin so oder so hinkriegen muss, mit der schrumpfenden Welt auszukommen.

PONCHOS

Als William Mason es sich zur täglichen Gewohnheit machte, im dunklen, tunnelartigen Interieur des Starlight Restaurant zu frühstücken, war er dankbar dafür, dass seine Eltern ihn William genannt hatten. William ließ sich zu Bill verkürzen, und Bill, davon war er überzeugt, war ein Name, der einem gut zustattenkam im Starlight, einem rund um die Uhr geöffneten Diner, in dem Männer mit ehrlichen Namen ohne Schnickschnack, wie etwa Frank, Steve und Champ, verkehrten. Doch was die Starlight-Stammgäste anging, stellte William fest, hätte er ebenso gut Mavis heißen können. Keiner von ihnen sprach ihn je an, nicht einmal, nachdem er neun Monate lang fünf Morgen die Woche auf demselben drehbaren Tresenhocker verbracht hatte, einem von einem halben Dutzend, die wie jedes andere Möbelstück im Starlight fest am Boden verschraubt waren, als ob (überlegte William eines Januartages) der Diner auf dem Meer schwämme und nicht in New York auf Grund säße.

Kaum hatte William diesen Gedanken gefasst, da war er auch schon unzufrieden damit. Während er sich zu den anderen allein Frühstückenden an den Tresen setzte, ersann er eine etwas ausgefeiltere nautische Vorstellung vom Starlight: die einer Hafenkneipe, frequentiert von Männern, die darauf warteten, dass ihr Schiff einlief – warteten, obwohl sie sich darüber im Klaren waren, dass sich für jede ramponierte Barke der Erfüllung, die in den Hafen einfuhr, eine ganze Flotte, beladen mit neuen Wenn-doch-bloß, Warum-nur-warum und Wo-bleibt-sie-denn, auf die Reise machte.

Überlegungen dieser Art waren typisch für William Mason, einen Mann, der so zwanghaft zu opulent ausgestalteten, metaphorischen Selbstversunkenheiten neigte, dass seine Frau ihm erst tags zuvor vorgeworfen hatte, er lebe «in einer scheiß-privaten Witzlandschaft».

«Witzlandschaft?», hatte William gesagt. Er runzelte die Stirn, während er über den seltsamen Einfall nachdachte.

Elisa Ramirez warf einen traditionellen Cocktailshaker nach dem Kopf ihres Mannes. Der Shaker trug die Aufschrift:

GLÜCKLICHE TAGE IM JAHRHUNDERT
DES FORTSCHRITTS
CHICAGO

Der Cocktailshaker war in mehrfacher Hinsicht ein Erinnerungsstück. Hergestellt als Souvenir der Weltausstellung von 1934 in Chicago, fungierte er außerdem als Relikt von Elisas Doktorandenzeit an der Columbia University. Der Cocktailshaker war das Hauptthema ihrer Dissertation gewesen.

Unter Anwendung Prowne'scher Close-Reading-Techniken förderte Elisa den soziohistorischen Inhalt des Getränkemixers mit der gleichen Wildheit und magischen Geschicklichkeit zutage, mit der sie manchmal Kaninchen von Fehlverhalten aus dem Zylinder des vordergründig tadellosen Verhaltens ihres Ehemanns hervorzauberte. Ihre These war (wie sie vor all den Jahren William erklärt hatte, einem Kommilitonen, der kurz davor war, eine Doktorarbeit mit dem Titel *Prufrock, Pale Ramon und die Prädikamente des Präsumptiven* aufzugeben), dass der Cocktailshaker eine falsche Verheißung von Muße und Alltagsflucht verkörpere. Wie könne das unbeschwerte Reich des Aperitifs mit seinen Happy Hours und seinen Papierschirmchen, seinen Egg Whites, seinem Angostura, Curaçao und seinen Maraschino-Kirschen, seinem Prost und Hoch die Tassen – wie könne das zur Zeit der Wirtschaftskrise für die große Mehrheit der Amerikaner irgendetwas anderes repräsentiert haben als eine Traumwelt? Diese Wolkenkuckucksheim-Mentalität, behauptete sie, werde von dem Film-im-Film in Woody Allens *The Purple Rose of Cairo* eingefangen, wo die Figur, die von der von Jeff Daniels gespielten Figur gespielt wird – ein Archäologe, der sich auf ein «verrücktes Wochenende in Manhattan» einlässt –, wiederholt die Absicht bekunde, einen Cocktail zu trinken, jedoch nie dazu komme.

Elisa lud William ein, sich mit ihr zusammen in ihrer Wohnung in West Harlem den Film anzusehen, damit er sich selbst ein Bild davon machen könne, worauf sie hinauswolle. Die jungen Akademiker ließen die bittersüße Komödie auf sich wirken, während sie Muntermacher mixten. Nach Rezepten, die in den Shaker eingraviert waren, probierten sie nacheinander einen Old-Fashioned, einen Manhattan und einen Alexander. Schließlich und durchaus passend kippten sie noch einen Between the Sheets. Dieses berauschende geschlechtliche Ritual – Bechern und Balzen, wie William es gern nannte – hatte mit abnehmender Intensität zwei Jahre Bestand. Als fünf Jahre (davon zwei eheliche) vergangen waren, erlebte der Cocktailshaker keinen aktiven Einsatz mehr. Gegen einen Stapel Kochbücher gestützt, wo er einen klebrigen Überzug aus Katzenhaar und Kochdünsten ansetzte, fungierte er (in Williams Augen) als Totem, in dem sich die durch die Jahre der drangvollen Enge hindurch fortdauernde innere Verbundenheit der beiden miteinander und mit der Idee der Großen Liebe ausdrückte.

Während er sich vor dem heransausenden Wurfgeschoss duckte, war sich William der profanen Dimensionen dessen, was sich hier abspielte, voll bewusst. Sein erster Gedanke war, zu überprüfen, welchen Schaden der Shaker, der mit einem hohlen Scheppern von der Wand abgeprallt war, davongetragen hatte.

«Scheiß auf den Shaker!», schrie Elisa hellsichtig. «Hier geht es nicht um einen Scheißshaker!»

William richtete sich mit unterwürfiger Miene auf. Sie hatte natürlich recht. Dennoch konnte er nicht von der Auffassung absehen, dass der Vorfall in etwa das Problem repräsentierte, dem sich das Paar gegenübersah. Die Leere des geworfenen Gegenstandes; seine unglückliche Flugbahn; sein fruchtloser Endpunkt: Alles fügte sich zu einer Analogie ihrer seit zwei Jahren erfolglosen Versuche, ein Kind zu zeugen.

Dann sah William, dass Elisa weinte, entdeckte darin eine unausgesprochene Aufforderung, näherte sich seiner Frau, nahm sie in die Arme und wartete darauf, dass sich das Gewitter verzog.

Denn so nahm William derartige Episoden wahr: als vergleichbar dem Regen, der täglich auf einen im Übrigen sonnigen und angenehmen Ort niedergeht. Die Unfruchtbarkeitsbehandlung hatte Elisa ein entschieden tropisches Temperament verschafft – was komisch anmutete, da er selbst (im nicht klimatischen Sinne) tropistisch war. *«Tristes tropiques»*, flüsterte er Elisa ins Haar.

Doch am folgenden Morgen, noch während er rückblickend Vergnügen an diesem Ausdruck fand, konnte er sich des Gefühls nicht erwehren, dass sein Verständnis der Situation, und sei es als Denkfigur noch so attraktiv, wackelig war; und auf dem Weg in die Stadt schmerzte ihn erneut die ungeheure Resignation, mit der Elisa, nachdem sie sich von ihm losgemacht hatte, daran gegangen war, Essen zu machen (Muschelsuppe). Wie genau, fragte sich William, während er aus dem U-Bahn-Schacht trat und über eine gefrorene Pfütze am Kantstein sprang, sollte er eigentlich ihre Bemerkung über seine private Witzlandschaft auffassen? Die Alternative war schließlich, auf der öden Heide der Wortwörtlichkeit zu hausen; die Alternative hieß heulen, heulen, heulen. Sah sie das denn nicht?

Wie so häufig, wenn sein Denken diese Frage berührte, trat William das Bild des Fischrondells im städtischen Aquarium von San Francisco vor Augen. Das Fischrondell bestand aus einem ringförmigen Meerwasseraquarium, in dem pelagische Geschöpfe aus der Bucht von San Francisco im Gegenuhrzeigersinn vorüberflitzten. Stumm stand William im Dunkel des Besichtigungsbereichs, während große und kleine Schwimmer ihn umkreisten. Wieder und wieder umrundeten ihn Scharen von Japanischen und Gelbschwanz-Makrelen. Ein einsamer Stachelrochen, der gehetzt und fehl am Platz wirkte, flappte unbeholfen in die einen Knoten schnelle Strömung. Keine Haie, wie William bemerkte. Er bedachte diese Fischhektik aus metaphysischer Perspektive. Die Kreisenden waren außerstande, die nicht-aquatische Dimension, in der er stand, zu erkennen, geschweige denn zu verstehen. Ohne Wissen über Wesen und Beschaffenheit ihres Elements schwammen sie zur Unterhaltung unvorstellbarer äußerer Wesen immerdar ahnungs- und hilflos im Kreis, ohne die geringste Aussicht auf Fortschritt, Erleuchtung oder Erlösung. Verzweiflung erfüllte William. Das Fischrondell war eine nicht zu verbessernde Metapher der Conditio humana.

Die Offenbarung zwang William, seine künstlerischen Aktivitäten, will sagen seine nächtlichen Versuche, Gedichte zu schreiben, einzustellen. Als Dichter regte ihn die Beziehung der Menschheit zu den räumlichen und zeitlichen Unendlichkeiten an. Seit das Fischrondell das letzte Wort – oder Bild – zu diesen Themen darstellte, war Schweigen die einzige intellektuell redliche Vorgehensweise, die ihm blieb. Er spielte kurz mit dem Gedanken, selbst ein Fischrondell zu bauen und als künstlerische Installation auszustellen, aber ihm fehlten der berufliche Drang und das verzweifelte Verlangen nach Ruhm, die erforderlich waren, um ein solches Projekt zu verwirklichen. Von den Ambitionen hoher Kunst befreit, widmete er sich zufriedener seiner Arbeit als Redakteur. Sein Büro lag in der West 23rd Street, hundert Meter vom Starlight Restaurant entfernt.

«Speisekarte?», fragte George, der Mann hinterm Tresen.

«Getoasteter Muffin, Extraportion Marmelade, entkoffeinierten Schwarzen», sagte William mit schwerer Stimme.

Jeden Tag stellte George ihm die gleiche Frage. Was müsste passieren, fragte sich William, damit George «Das Übliche?» fragte.

William blickte am Tresen entlang auf drei Mitglieder dieser Frühstücksgesellschaft. Zwei Hocker weiter saß Johnny, der die fotorealistische Darstellung von Ted Williams gemalt hatte, die in einer Ecke des Starlight hing. Auf der anderen Seite von Johnny saß ein Siebzigjähriger in einer New-York-Mets-Jacke – Donnie – und auf dessen anderer Seite ein weiterer Alter, den William nur als den Zauberer kannte. Der Zauberer, ein magerer, verzweifelt wirkender Mann – er ließ William immer an den sterbenden Charles Schulz denken – trug stets ein Spiel Karten bei sich, das in einem am Gürtel befestigten Holster steckte. William hatte ihn nur einmal Tricks vorführen sehen, und sie waren verblüffend gewesen. Als man den Zauberer hinterher gefragt hatte, wie er das mache, hatte er mit deutlicher Bitterkeit geantwortet: «Harte Arbeit und Übung.»

William zog eine *Times* aus seiner im Übrigen leeren Computertasche. Während er die Zeitung durchblätterte, hörte er mit einem Ohr dem Gespräch der anderen Männer zu.

Donnie und George unterhielten sich murmelnd über Quoten: Donnie war Buchmacher, und George (der vor dreißig Jahren seinen Posten als Grenzschützer der bulgarischen

Armee verlassen und über die griechische Grenze desertiert war) wettete gern. Johnny lieferte unterdessen den wütenden Monolog, der unweigerlich seine Lektüre der *New York Post* begleitete, eine Tirade, die sich typischerweise gegen einen oder mehrere aus der Gruppe Hillary Clinton, Bill Clinton, Latrell Sprewell, Alec Baldwin, Sean «Puffy» Combs/«P. Diddy», Osama Bin Laden, Saddam Hussein und Tom Daschle richtete, Persönlichkeiten, die Tag für Tag auf den Seiten der Zeitung aufpoppten wie aufreizende Jahrmarktsziele. William nahm ihm seine ermüdenden Suaden nicht übel, weil Johnny für einen zufällig Lauschenden unterhaltsam sein konnte, wenn auch auf widerwärtig offenherzige und selbstmitleidige Weise. Es war Johnny, der den Affentest erläutert hatte: Wenn sich eine Frau mehr als für Sex dafür begeistere, die Pickel, Mitesser, überlangen Muttermalhaare, gefährlich aussehenden Leberflecke und abzupfbaren grauen Haare eines Mannes ausfindig zu machen – dafür, mit Johnnys Worten, «einen zu lausen wie ein Scheißaffe» –, dann sei es an der Zeit, «mit dem Scheiß Schluss zu machen».

William verdrängte die Frage, die ihm in den Sinn gekommen war – was, wenn die eigene Frau weder an Sex noch an dieser Art von persönlicher Pflege interessiert war? –, und erinnerte sich an einen Test, den er selbst erfunden hatte: die Ibsen-Herausforderung. Wenn ein romantisch vielversprechendes Gegenüber kein Stück von Ibsen nennen oder nicht wenigstens eine gewisse Vertrautheit mit dem Phänomen Ibsen an den Tag legen konnte, dann hatte es keinen Sinn, die Sache weiterzuverfolgen. William wusste sehr wenig über Ibsen und machte sich nicht viel aus ihm, doch das unerwartet heftige Entsetzen, das ein Date einmal mit seiner kompletten Unkenntnis des literarischen Riesen bei ihm hervorgerufen hatte, hatte ihn eins gelehrt: Eine Frau, der es an Wissen über den Vater des modernen Dramas fehlte, konnte er niemals ganz respektieren.

Elisa hatte alles über Henrik Ibsen gewusst. Sein Geburtsort, informierte sie William (der beiläufig *Wenn wir Toten erwachen* erwähnt hatte), sei Skien, die norwegische Stadt, deren Namen mit dem alten norwegischen Nomen verwandt sei, dem wir das Wort «Ski» verdankten. William verspürte eine innere Bewegung wie von Schüttgut auf einer Rutsche. Das war, wie er begriff, der Moment des Sich-Verliebens.

Als William mit dem Sportteil und seinem getoasteten Muffin fertig war, wurden seine Tresennachbarn lebhaft. Sie redeten über das mysteriöse Erscheinen eines kostenlosen Porno-Senders im Fernsehen. Donnie hatte das irreguläre Programm als Erster empfangen. Vor ein paar Tagen hatte er den Zauberer darauf aufmerksam gemacht.

Alte Männer über schmutzige Filme kichern zu hören bereitete William Unbehagen.

Johnny fühlte sich ebenfalls gestört. «Scheiße, was ist los mit euch? Wie alt seid ihr, fünfundsiebzig, siebenundsiebzig? Und ihr holt euch immer noch zu diesem Scheiß einen runter?»

Donnie ruckelte mit der Faust. Der Zauberer lachte.

«Kann ich euch mal was fragen?», sagte Johnny. «Denkt ihr immer noch so an Frauen wie früher? Machen sie euch immer noch verrückt?»

Der Zauberer, ein diskreter Mann, hob die Augenbrauen.

Donnie sagte: «Das geht nicht weg.»

«O Mann», sagte Johnny. «Das ist ja großartig.» Er hatte einen schlaff herabhängenden, grau melierten Schnurrbart, schütteres schwarzes Haar und ein farbloses, schattenfleckiges Gesicht. Er fuhr sich mit den Daumen innen am Hosenbund entlang, um Druck von seinem Bauch zu nehmen. Das war ein Signal, das William kannte: Johnny stand im Begriff, eine Theorie zu ventilieren. «Jetzt lasst mich mal ausreden», sagte Johnny. «Es gibt Frauenrechte, okay? Frauen leiden, weil sie wie Sexobjekte ausgebeutet werden. Okay. Damit haben wir kein Problem. Aber was ich wissen will, ist Folgendes: Wie sieht es eigentlich mit Männerrechten aus? Ganz genau: mit Männerrechten. Wir sind doch diejenigen, die mit dem Sex bombardiert werden. Wir werden doch hier aufs Korn genommen. Stimmt's? Das zielt alles auf uns. Du kannst nicht mehr die Straße runtergehen oder Radio hören, ohne dass dir irgendwer Titten unter die Nase hält. Habt ihr mal gesehen, was sie auf Reklametafeln zeigen?» Johnny krallte mit einer Hand durch die Luft. «Kratz, kratz, kratz. Zeitschriften, Webseiten, Kosmetikfirmen, Frauen: Alle machen sie mit. Alle halten sie uns am Köcheln. Und wir können nichts dagegen machen. Wir sind programmiert wie Scheißhunde. Wir reagieren darauf, ob es uns gefällt oder nicht. Wir reden hier von Millionen von Jahren der Evolution.» Inzwischen hatte Johnnys Rede durch Empörung an Flüssigkeit gewonnen. «Und es geht nur um dein Geld. Hast du um Porno im Fernsehen gebeten? Nein. Aber weißt du was? Er kommt trotzdem. Kannst du dich dafür entscheiden, ihn dir nicht anzusehen? Natürlich nicht. Du musst ihn dir ansehen. Du bist ein Mann. Du bist ein Tier. Versteht ihr, was ich meine? Scheißegal, ob du der Papst bist, du bist dazu geboren, dir einen runterzuholen. Stimmt's? Die nehmen unsere natürlichen Instinkte und schlagen Profit daraus. Wir sind hier die Opfer. Die Milliarden-Dollar-Viagra-Industrie? Die Milliarden-Dollar-Porno-Industrie? Scheiße, das sind unsere Milliarden von Dollar.»

Donnie zwinkerte dem Zauberer zu.

Johnny sagte: «Ja, zwinkere du ruhig, du gottverdammter Verbrecher.»

Donnie, der nicht gern an seine Vergangenheit erinnert wurde, nahm einen Schluck Kamillentee. Er sah den Zauberer an und sagte: «Man vögelt nicht rum. Man vögelt rum und wird erwischt? Selber schuld.»

Johnny sagte: «Was quatschst du denn da? Um mich und

Daleen geht es doch hier gar nicht – obwohl, Tatsache ist, wo du gerade davon redest, Tatsache ist, sie hat überhaupt nicht berücksichtigt, dass ich ein Mann bin. Sie hat mir überhaupt keinen Spielraum gelassen. Einen Schlag, mehr habe ich nicht gekriegt. Null Toleranz. Genau davon rede ich doch. Frauen haben nicht die leiseste Scheißahnung, wie das für Männer ist. Kein Aas redet von dem Kampf, den wir tagtäglich durchzustehen haben. Es gibt eine Verschwörung des Schweigens. Niemand zollt uns Anerkennung dafür, dass wir uns mit dem Scheiß herumschlagen, mit dem wir uns herumschlagen müssen. Ganz genau», sagte Johnny. «Uns gebührt Anerkennung für sämtliche Frauen, mit denen wir nicht schlafen.»

Der Zauberer und Donnie fingen an zu lachen, als säßen sie in einer Comedy Show. Donnie sagte: «Ja, ich halte sie mir bloß vom Hals. Ich bin ein echter Held. Ich müsste einen Orden kriegen.»

Der Zauberer sagte leise etwas. Das rief einen neuen Ausbruch von Heiterkeit hervor, und sie lachten so heftig, dass Donnie von seinem Hocker steigen musste.

Johnny zerknüllte angeödet seine Serviette. «Sinnlos, irgendwas mit euch zu diskutieren.»

Das war der Augenblick, in dem Johnny auf seinem Hocker herumschwang und William Mason zum ersten Mal ansprach. Er sagte: «Und Sie? Sind Sie mit mir einer Meinung?»

William war zu überrascht, um sofort zu antworten. Dann sagte er: «Ich finde, das ist eine interessante Frage.»

«Ja?», sagte Johnny.

«Ich habe einen Freund», sagte William bedächtig, «der Künstler ist – Maler. Es gibt niemanden, der ein größeres Kunstverständnis und einen größeren Kunstsinn hat als mein Freund.»

Johnny sagte: «Ich verstehe. Ich bin selbst Künstler.»

«Dieser Freund hat mir einmal etwas erzählt, was ich nie vergessen habe. In einem Museum, hat er gesagt, kann man vor dem interessantesten, berühmtesten Gemälde der Welt stehen – einem Picasso, zum Beispiel, oder einem Vermeer –, aber wenn eine attraktive Frau neben einem steht, dann ist sie das, was man betrachtet. Der Vermeer ist bloß ein Haufen Farbe und Papier.»

William spürte, dass diese Einsicht, anders als bei ihm, bei den Anwesenden keinen ästhetischen Durchbruch hervorgerufen hatte. Er führte weiter aus: «Der Punkt ist, dass nicht einmal ein großes Kunstwerk mit den Empfindungen konkurrieren kann, die das alltägliche Schauspiel einer Frau auslöst.»

Johnny sagte: «Sie finden also, dass ich recht habe. Sie finden, dass Männer so programmiert sind, dass sie leiden.»

«Ähm, ich denke schon», sagte William. «In gewissem Sinne.»

Und es stimmte ja auch, gestand sich William ein, dass ihn im Frühjahr regelrechte Sehnsuchtsanfälle heimsuchten, hervorgerufen vom Erscheinen bestimmter Frauen, die die Straße entlanggingen. Doch er konnte sich in aller Aufrichtigkeit dafür loben, dass diese unwillkürlichen physiologischen Reaktionen seit Elisa niemals zu Versuchungen geworden waren. Diese Leistung, glaubte William, beruhte auf der Vorstellung von der Großen Liebe, mit Hilfe derer er seine Beziehung zu Elisa Ramirez bewusst – und, soweit er es überschauen konnte, wechselwirksam – mythifiziert hatte. Der Mythos, zu gegebener Zeit durch ein Ehegelübde formalisiert, bedeutete, dass man jeder Bedrohung oder Widrigkeit (sogar dem Tod, vermochte sich William zuweilen einzureden) durch eine willentlich romantische Wahrnehmungsverschiebung widerstehen konnte. Wie der Islam oder der Marxismus war die Große Liebe ein allumfassendes Narrativ, das – in Williams Vorstellung – den Baum der inneren Verbundenheit fest gegen Wind und Regen der erosiven Zeit und gegen den gelegentlichen Blitzschlag einer Verlockung vonseiten Dritter verwurzelte. Was diesen letzten Punkt anging, so halfen William Elemente empirischer Selbsterkenntnis: erstens, dass er an einer punktuellen oder betrügerischen sexuellen Begegnung nur wenig Vergnügen empfinden würde; zweitens, dass ihn «im Bett» – er hatte dieses Metonym schon immer irrsinnig komisch gefunden – nichts so sehr enthemmte und erregte wie die tiefe Nähe und das tiefe Einverständnis, die von Treue in der Ehe gefördert wurden, wenn alles stimmte.

Aber stimmte denn alles? Seit einiger Zeit wurden seine und Elisas Bemühungen in Sachen körperlicher Liebe vom Zeugungsbestreben beeinträchtigt. Das Problem war nicht einfach das Dazwischentreten von Thermometern, Ovulationstabellen, Kopulationsplänen und Ejakulationsvorkehrungen. Das Problem war laut William die unheilvoll teleologische Natur des Geschlechtsakts. Um etwas zu taugen, musste der Sex, wie die Kunst, zuvörderst eine Erkundung der Lust sein.

Als er diesen befriedigenden Gedanken mit Elisa geteilt hatte, war sie gerade im Bad und machte sich fertig, um zum Hunter College zu gehen, wo sie als Geschichtsdozentin arbeitete. «Was?», blaffte sie in einem Ton reinsten Abscheus. Dieser kleine Augenblick kränkte und verwirrte ihn. Wochenlang stellte er sich Elisas lieblosen Gesichtsausdruck vor und quälte sich mit der Verachtung in ihrer Stimme. Er sah sich so, wie sie ihn in diesem Moment gesehen hatte: als pedantischen («Sie meinen pingelig», pflegte er Leuten gegenüber zu scherzen, die ihm das vorwarfen) und hässlichen Langweiler. William – ein hochgewachsener, blonder Mann mit Hängebacken, einer schlottrigen Statur und Tränensäcken (Elisa sprach von Gucci-Augen) – war in Ermangelung eindeutiger gegenteiliger Beweise stets davon ausgegangen, dass er auf sämtliche Frauen mit Ausnahme von Elisa abstoßend wirkte. Nun galt diese Ausnahme nicht mehr. Sein Selbstekel wurde so heftig, dass er sich eines Wochenendes, als Elisa ihre Eltern an der Westküste besuchte, auf einen Spiegel legte und sein Gesicht in Positionen manövrierte, die groteske, in seinen Augen an Francis Bacons gequetschte Visagen erinnernde Spiegelbilder ergaben. Seine Qual zeitigte weitere Symptome. In Elisas Gesellschaft, musste er feststellen, war er sehr müde und zu ihrer offenkundigen Irritation sonderbar schwerhörig. Ihn hemmte das starke Gefühl, dass seine Frau sich seinem fleischlichen Übergriff im Wesentlichen zu Reproduktionszwecken unterwarf, mit der Folge, dass ihr nackter Körper – der einer kleinen, jungenhaften, dunkelhaarigen Frau – auf schreckliche Weise jede erotische Signifikanz einbüßte. Nur mit viel Augenschließen und eiserner Konzentration war er imstande, seinen zyklischen koitalen Pflichten nachzukommen.

Nach mehreren Monaten ging es William allmählich besser. Er kam zu dem Schluss, dass er sich irrational verhalten hatte und deprimiert gewesen war, aller Wahrscheinlichkeit nach Opfer irgendeines chemischen Ungleichgewichts. Er sprach nicht mit Elisa über das, was er durchgemacht hatte; und sie, die während seiner Trübsal verhalten und in sich gekehrt gewesen war, warf ihm keine Blicke voller Abscheu mehr zu.

Etwa um diese Zeit, im Herbst, beschloss das Paar, einen weltberühmten Infertilitätsspezialisten, einen Dr. Nico Hildenberg, aufzusuchen, dessen Dienste, wie es sich traf, von Elisas Krankenversicherung bezahlt wurden. Er betrieb ein Zentrum auf der Upper West Side, in dem zur Förderung eines gewaltigen Forschungsprojekts riesige Patientenzahlen abgearbeitet wurden. Unmittelbar nach der Untersuchung von Elisa verordnete Hildenberg ein Regime von Tests und Behandlungen, das sie gynäkologischer Beschau und Betastung, ständigen Blutuntersuchungen und dem Zwang aussetzte – der bloße Gedanke stimmte William zugleich wütend und liebevoll –, sich an etwa fünfzehn Tagen im Monat selbst Hormone zu spritzen, die ihre Figur aufschwemmten und heftige Stimmungsschwankungen hervorriefen.

Williams Rolle bestand darin, von Zeit zu Zeit Spermaproben zu liefern. Während er sich Johnnys Rede über die sexuelle Viktimisierung des Mannes anhörte, fiel ihm ein, dass er gegen Ende der Woche einen entsprechenden Termin hatte. Wie ihm davor graute!

Als Erstes graute ihm davor, das Gebäude zu betreten, das sich in riesigen, an der Fassade angebrachten Buchstaben als SAMUEL P. SCHLOSSBERG KINDERWUNSCHZENTRUM zu erkennen gab. Diese Art von öffentlicher Demütigung schien in Manhattan weit verbreitet zu sein, wo medizinische Einrichtungen Bezeichnungen wählten, die die Großzügigkeit ihrer Wohltäter hinausposaunten und dabei grässlich genau und knallig die Krankheiten und Nöte ihrer Patienten annoncierten. William graute vor dem Wartezimmer voller unfruchtbarer Paare, am meisten aber graute ihm vor dem Zimmer, in dem die Spermaprobenlieferanten auf das Zeichen warteten, sich – so nonchalant wie möglich – in die Masturbationskammer zu begeben. Die Kammer enthielt ein Waschbecken, Handwischtücher, Seife, Gleitmittel, einen Stapel pornographischer Zeitschriften, einen Fernseher mit Videogerät und einen Kunstledersessel, der aussah wie aus der Business-Class eines Flugzeugs ausgebaut.

Als er den Raum zum ersten Mal betrat, brachten ihn die von den Ausstattungsmerkmalen geweckten Erwartungen durcheinander. War der Sessel obligatorisch? Sollte er sich ein Video ansehen? Was hatte es mit dem Gleitmittel auf sich? Außerdem machte ihm die immerzu präsente Frage der Zeit zu schaffen: Wenn er schon nach ein, zwei Minuten wieder aus dem Raum auftauchte, gälte er als jemand, der unter vorzeitigem Samenerguss litt und erotisch unreif war; verweilte er dagegen viel länger, würde man argwöhnen, dass er sich vergnügte. Er schob diese Unsicherheiten beiseite, ließ die Hose herunter und machte sich an die anstehende Aufgabe, unterstützt nicht von der verfügbaren Pornographie, sondern indem er sich Elisa und sich selbst in historischen und phantastischen Situationen leidenschaftlicher Glut vorstellte. (Das war die erregendste Phantasie: er selbst als Objekt der Begierde.) Gerade als er den Augenblick des Ergusses erreichte, ging ihm auf, dass er nicht recht wusste, wie mit dem Behältnis umzugehen war, das er in der Hand hielt; und er musste, panisch herumfummelnd, voller Entsetzen mitansehen, wie sein Sperma – die gemäß den «Abstinenzanweisungen» in drei Tagen angefallene Menge – in das nach unten geneigte Glas schoss und dann herauslief. Fast alles landete auf seinem Bein. Ein, zwei Minuten lang saß William in einem Zustand tiefer Qual auf dem Kunstledersessel. Ein ganzer Monat Injektionen, Medikamente und Bangigkeit war vergeudet. Er schlug die Augen auf und warf erneut einen Blick auf das Röhrchen und dessen vernachlässigbaren Inhalt. «O nein», sagte er.

Er schnallte seinen Gürtel zu und stellte die nutzlose Probe in eine Durchreiche in der Wand. Er überwand den Drang, umgehend auf eine ferne Insel zu emigrieren – vor seinem geistigen Auge blitzten tatsächlich mikronesische Szenen auf –, und präsentierte sich kläglich einer Laborassistentin. Nach einem kurzen, schambehafteten Gespräch wurde entschieden, dass William in ein, zwei Stunden, wenn er sich «entspannt» hatte, versuchen würde, eine zweite Probe zu liefern.

Er holte Elisa im Wartezimmer ab und ging mit ihr in ein Café auf der anderen Straßenseite. Er brachte ihr die schlechte Nachricht bei.

Zu seiner Verblüffung lachte sie. «Ach, Will, du bist so ungeschickt. Eigentlich hätte ich mir denken können, dass das passieren würde.» Sie sagte: «Hör zu, das ist nicht das Ende der

Welt. Du gehst da wieder rein und machst es noch mal, diesmal richtig, und alles ist gut.»

«Die Qualität wird nicht die gleiche sein», sagte William. Er fügte hinzu: «Außerdem weiß ich nicht recht, ob das so einfach geht. Ich weiß nicht, ob ich es noch mal hinkriege.»

«Klar kriegst du das hin», sagte Elisa. Sie langte über den Tisch. Er spürte den kleinen, warmen Schock ihres Griffs an seiner Hand.

Er schüttelte den Kopf. «Es ist nicht lustig da drin, Elisa. Ich bin mir nicht sicher, ob ich das noch einmal ertrage.»

Seine Frau stand von ihrem Platz ihm gegenüber auf und setzte sich neben ihn. «Wie wär's, wenn ich mit dir hinein-gehe?», flüsterte sie. «Ich kann dir helfen.»

«Auf keinen Fall», sagte William. «Kommt nicht in Frage. Nein.»

«Wieso nicht?», sagte sie. Während sie die Innenseite seines Oberschenkels streichelte, erinnerte sich William ihrer er-staunlichen Lüsternheit während der Anfangsmonate ihres Zusammenseins. Inzwischen erschien es ihm fast unglaublich, dass sie eines Abends in SoHo auf den feuchten Pflastersteinen auf die Knie gegangen war und er aus Verlegenheit und Angst vor Festnahme gezwungen gewesen war, sie daran zu hindern, seinen Hosenschlitz zu öffnen. «Das kommt bestimmt ganz oft vor», sagte Elisa und zupfte mit den Zähnen an seinem Ohr-läppchen. «Kein Mensch hat was dagegen. Außerdem wäre ich gerne dabei. Dadurch wird es zu etwas Besonderem.»

Er sah, dass sie versuchte, ein romantisch tragfähiges Ereig-nis ins Leben zu rufen. Er sagte: «Nein, das kann ich nicht. Hör auf. Hör auf damit.»

Ohne den Zorn ihres Mannes zu bemerken, fuhr sie fort, mit ihrer kräftigen, sommersprossigen Hand seinen Oberschenkel zu kneten.

«Hör auf, habe ich gesagt», zischte er.

«Ja, schon gut», sagte Elisa. Sie lächelte mutig.

William beschloss, nicht zu sagen, woran er dachte: dass diese Bekundung von Leidenschaft zu spät kam, dass sie falsch und ganz sicher betrügerisch war, dass Elisa zu irgendeinem nicht genau zu bestimmenden Zeitpunkt ein Recht verwirkt hatte, das er nicht sofort beim Namen nennen konnte. «Ich kümmere mich selbst darum», sagte er und nahm die Speisekarte zur Hand. «Mach dir keine Sorgen.»

Kurze Zeit später kehrte William in das Zentrum zurück und produzierte, von einem Film über lesbischen Sex gebannt, ohne einen Gedanken an Elisa erfolgreich eine Probe.

Das Gespräch im Starlight hatte wieder Fahrt aufgenommen. Inzwischen erzählte Johnny eine Geschichte über etwas, was er einmal in einem Restaurant in New Haven, seiner Heimatstadt, erlebt hatte. «Da kommt also dieser Kerl in den Laden reingekracht, über und über voll Blut. Er kommt durch die Tür getorkelt und stößt gegen Tische und Stühle. Alle fangen an zu lachen. Sie glauben, es wäre ein Scherz. Sie glauben, er kaspert mit Ketchup herum. Sein sogenanntes Blut tropft überall hin. Es klatscht auf meine Schuhe, in mein Bier, in den Kaffee von meiner Freundin. Er stürzt zu Boden, zack, direkt vor meinen Füßen. Da sehe ich, dass er einen Schnitt im Hals hat, so einen langen, schmalen Schnitt, wie ein Maul.» Johnny schüttelte den Kopf. «Einfach furchtbar. Und jetzt haltet euch fest: Alle lachen weiter. Das arme Schwein liegt da in einer Blutlache und kämpft um sein Leben, und alles, was er hört, ist Scheißgelächter.»

«Was ist mit ihm passiert?», fragte George.

«Ich nehme an, er ist gestorben, George», sagte Johnny.

«Du nimmst an?»

«Na ja, wir wollten nicht in irgendwas reingezogen werden», sagte Johnny. «Wir haben uns verdrückt.»

Kurzes Schweigen trat ein. Dann meldete sich der Zauberer zu Wort. «Mir ist mal fast das Gleiche passiert. Das ist jetzt fast fünfzig Jahre her. Ich habe damals in Newark gewohnt. In die Stadt gegangen bin ich nur, wenn ich es bei einem Date richtig krachen lassen wollte. Ihr wisst schon: ihnen die Sehenswürdigkeiten zeigen, vielleicht ins Kino gehen, den großen Macker machen. Ich war ein echter Romeo. Das konnte ich aus dem Effeff. Manchmal war es allerdings ein bisschen unübersichtlich, weil ich nicht mehr wusste, welcher Frau ich schon welches Wahrzeichen gezeigt hatte.» Der Zauberer kicherte. «Egal. Eines Tages jedenfalls gehe ich mit einer jungen Lady in einen schicken Laden in der Nähe des Times Square. Ruby Silverman. Wir waren schon eine ganze Weile zusammen, und ich habe sie in dieses Restaurant ausgeführt, um die Beziehung zu beenden.»

«Du wolltest in einem Restaurant mit ihr Schluss machen?», sagte Johnny.

«Na ja, vielleicht nicht im Restaurant, aber auf jeden Fall an dem Abend», sagte der Zauberer. «Ich denke mir, ich mache es mit Niveau, ich mag das Mädchen nämlich sehr, ich respektiere sie, und sie verdient es, richtig behandelt zu werden.»

«Dein Stil gefällt mir», sagte Johnny.

«Wir essen also. Plötzlich legt sie Messer und Gabel hin und sagt: ‹Stanley, willst du mich heiraten?› Und ich sage: ‹Ich kann nicht ja sagen, also musst du das wohl als Nein werten.›»

«Ziemlich lässig», sagte Johnny.

«Ruby Silverman. Mein Gott, manchmal frage ich mich, was aus ihr geworden ist.»

Johnny sagte: «Und weiter?»

«Neben uns sitzt ein Schwarzer, der mit seinen beiden erwachsenen Töchtern isst. Ein ziemlich korpulenter Bursche. Dick. Er trägt einen schönen Anzug und hat eine Serviette um den Hals, damit ihm die Spaghettisauce nicht das Hemd verkleckert. Ist es zu fassen, dass ich mich noch an die Serviette erinnere? Und genau, als ich Ruby sage, dass es nicht funktionieren würde, höre ich dieses schleifende Geräusch. Es kommt von diesem Kerl, und er hat einen Herzanfall. Sein Gesicht ist dick geschwollen, und er ist so komisch über den Tisch gebeugt und rührt sich nicht. Aber seine Töchter essen einfach weiter. Sie essen, als wäre nichts passiert. Wie es aussieht, ärgern sie sich darüber, dass ihr Vater einen Herzanfall hat. Sie hätten gern, dass er mit seinem Herzanfall aufhört und sie nicht in Verlegenheit bringt.»

Wie allein wir sind!, dachte William voller Qual. Er erinnerte sich, wie Elisa und er das Café verlassen hatten und ihrer getrennten Wege gegangen waren. Er hatte ihr nachgeschaut, wie sie ihm den Rücken gekehrt hatte und die Straße entlanggegangen war. Sie trug ihren Lederponcho mit den Fransen. Es regnete, und sie hielt sich einen dunklen Schirm dicht über den Kopf. Während William im Starlight saß, kam ihm der Gedanke, dass sie angesichts der Haube des Schirms und angesichts der Regenfransen, die von den Spitzen der Schirmstangen tropften, auch in einen pluvialen Poncho gehüllt war.

DIE MEMME

V or fünf Jahren haben wir unser Haus in Phoenix verkauft, ein Grundstück in Flagstaff erworben und dort ein Haus gebaut – unsere «letzte Wohnstatt», wie ich es nannte. Jayne widersprach dieser Bezeichnung, doch ich verteidigte mich mit einem, so mein Begriff, «Argument aus der Kategorie ‹Das ist nun mal die Realität›», dem sie ebenfalls widersprach, indem sie sagte, ich verwendete «ein Argument aus der Kategorie ‹Du nervst›».

«Willst du etwa behaupten, dass das nicht unsere letzte Wohnstatt sein wird?», sagte ich. «Und komm mir nicht mit dem Hospiz oder der Klapsmühle. Du weißt, was ich meine. Das hier ist der letzte Ort, den du und ich Zuhause nennen werden. Das ist unsere letzte Wohnstatt.»

Ich schlug «Wohnstatt» nach. Der Ausdruck bezieht sich natürlich auf den gewöhnlichen Aufenthalt; doch der Wortbestandteil «Wohn» hat eine altgermanische Wurzel, die so viel wie «erwarten» bedeutet. Das Wort «wähnen» lässt sich auf denselben Ursprung zurückführen. Eine Wohnstatt ist ein Ort des Wartens. Und worauf wartet man? Ich will hier nicht makaber werden, aber ich glaube, wir alle kennen die Antwort. Als ich mein Forschungsergebnis Jayne mitteilte, sagte sie: «Ich sehe ein, dass deine Düsterkeit dir irgendwie nützlich ist, aber intellektuell steht sie auf schwachen Beinen.» Das entzückte mich.

Die letzte Wohnstatt ist ein bewaldetes, zeitweise recht

feuchtes Doppelgrundstück an der South San Francisco Street, in der Nähe der Universität. Das Viertel war ziemlich heruntergekommen, als wir hier einzogen, und beherbergt bis auf den heutigen Tag eine bedeutende Gruppe mittelloser Menschen. Meiner Meinung nach kommen sie aus gutem Grund nach Flagstaff: Das Klima ist herrlich in dieser 2100 Meter über dem Meeresspiegel gelegenen Wüsten-Oase, es gibt gute Sozialeinrichtungen, und die Bewohner sind gutherzig, würde ich behaupten, obwohl man anmerken muss, dass die Stadt das Betteln erst kürzlich entkriminalisiert hat. Ich beteiligte mich an den Protesten gegen das einschlägige Gesetz. Jayne, deren Ansichten in dieser Frage sich mit meinen decken, war nicht gewillt, auf die Barrikaden zu gehen, um es mal so zu sagen. Wir, die Protestierenden, skandierten Slogans, hielten Transparente hoch und marschierten die Beaver Street entlang, wo einige von uns sich «guten Ärger» einhandelten, um es mit dem Bürgerrechtler John Lewis zu sagen: Wir setzten uns mitten auf die Straße und bettelten symbolisch. Ich gehörte zu denen, die sich hinsetzten, nicht aber – zu Jaynes großer Erleichterung – zu den willkürlich Festgenommenen und von den Cops Weggeschleppten.

Unser Haus, das sehr kluge Werk eines hiesigen Architekten, besteht aus fünf Schiffscontainern, die auf Stelzen mehrere Meter über dem Boden stehen. Die Hälfte eines Containers fungiert als Garten-Arbeitszimmer, die andere Hälfte als gedeckte Brücke über den Bach, der durch unser Grundstück fließt: Vorher musste man über zwei alte Planken balancieren. Die gedeckte Brücke war meine Idee. Es macht mich unsinnig stolz, wenn Besucher stehen bleiben, um den Blick durch das Brückenfenster zu genießen: der kleine braune Wasserlauf, das durchscheinende Dickicht. Wie glücklich wir uns schätzen konnten, dieses magische, verwachsene Waldgelände mitten in der Stadt gefunden zu haben. Vom Haus aus ist der Straßenverkehr nicht wahrnehmbar; und wenn die Ahornbäume und die Flussbirken belaubt sind, kann uns kein Vorbeikommender sehen. Es ist ein wunderbar abgeschiedener, kostbarer urbaner Ort.

Eines Nachts packt mich Jayne am Handgelenk. Wir sind im Bett.

«Hast du das gehört?», sagt sie.

«Was denn?»

Sie hält immer noch mein Handgelenk, wenn auch nicht mehr ganz so fest.

«Pst», sagt sie.

Wir lauschen. Ich will gerade Entwarnung geben, als ein Geräusch zu hören ist – eine Art dumpfer Schlag, als wäre jemand mit dem Sofa zusammengestoßen.

Jayne und ich sehen einander an. «Was war das?», sagt sie. Sie flüstert.

Wir lauschen weiter. Noch ein Geräusch: nicht so laut, doch ebenfalls wie ein dumpfer Schlag.

«Könnte ein Stinktier sein», sage ich. In der Gegend gibt es viele Stinktiere. Stinktiere sind die geborenen Eindringlinge.

«Ist das unten?»

Eine Antwort zu geben fällt mir schwer. Zwar hat das Haus zwei Stockwerke und zahlreiche zweckbestimmte «Bereiche», um das Wort des Architekten zu benutzen, aber nur die Badezimmer sind *Zimmer,* das heißt von vier Wänden und einer Tür umschlossene Räume. Im Übrigen bildet das Haus eine einzige akustische Einheit. Das kann verwirrend sein. Oft klingt ein in einem bestimmten Bereich erzeugtes Geräusch, als käme es aus einem anderen.

Nun ertönt plötzlich ein lauteres Geräusch, das man als *Husten* bezeichnen muss. Irgendetwas oder irgendjemand hustet entweder oder gibt ein hustendes Geräusch von sich. Es kommt eindeutig aus dem Inneren des Hauses, finde ich.

«Ich sehe mal lieber nach», sage ich. Zu meiner gelinden

Überraschung widerspricht Jayne nicht. Ich schalte meine Nachttischlampe aus. «Hören wir noch mal genau hin», sage ich.

Mehrere Minuten lang sitzen Jayne und ich in Dunkelheit und Stille im Bett. Wir hören nichts. Genau genommen stimmt das nicht ganz: Wir hören nichts *Außergewöhnliches*. Wenn man genau genug hinhört, hört man immer etwas. Das Surren des Deckenventilators. Das leise Knistern der Steppdecke.

«Ich glaube, es ist in Ordnung», sage ich schließlich.

«Was ist in Ordnung?»

«Es war nichts», sage ich. «Wir hören doch ständig Geräusche.» Im Prinzip stimmt das. Oft erweckt nachts das Klackern von Füßen mit Klauen auf dem Dach den falschen Eindruck, Tiere seien in die Wohnstatt eingedrungen.

«Rufen wir Neun-eins-eins an», sagt Jayne.

Ich muss ihr nicht sagen, dass unsere Telefone unten in der Küche sind, an Ladekabel angeschlossen. Ich sage: «Süße, es gibt keinen Grund zur Sorge. Nichts ist passiert.»

«Sollen wir uns nicht vergewissern?», sagt sie.

Was sie eigentlich meint, ist, dass ich mich vergewissern soll – dass ich derjenige sein soll, der sich vergewissert. Ich soll aus dem Bett aufstehen, nach unten gehen und feststellen, was die Geräusche macht. Nach meinem Empfinden ist das nicht erforderlich. Diese Geräusche sind schon eine ganze Weile her, so sehe ich das. Ich finde, es sind historische Tatsachen.

Jayne sagt: «Ich werde nicht schlafen können.»

Ich würde nicht sagen, dass sie das laut sagt, aber sie spricht eindeutig nicht mehr mit einer Stimme, die man als leise bezeichnen würde.

Jayne sagt: «Ich werde einfach die ganze Nacht wachliegen und mich fragen, was das für Geräusche sind.»

Was das für Geräusche *waren*, hätte ich am liebsten gesagt. Aus irgendeinem Grund fühle ich mich sehr erschöpft.

Jayne sagt: «Schatz, das ist mir nicht geheuer.»

Ich habe sie durchaus verstanden. Sie macht geltend, dass es, selbst wenn wir einschlafen könnten, bedenklich wäre, dies in einer Lage zu tun, in der wir dumpfe Schläge und Huster unbekannten Charakters und Ursprungs gehört haben. «Du hast recht», sage ich.

Ich rühre mich jedoch nicht. Ich bleibe, wo ich bin: im Bett.

Es ist wichtig, diesen Augenblick mit einiger Sorgfalt zu betrachten und vor allem keine vereinfachenden psychologischen Schlüsse zu ziehen. In jenem Augenblick, an den ich mich deutlich erinnere, geschah Folgendes: Ich wurde von einer *traumähnlichen Trägheit* übermannt. Ich empfand keine Furcht als solche. Ich habe schon Angst gehabt und weiß, wie es ist, Angst zu haben. Das war es nicht. Es war etwas, was ich *oneiroide Paralyse* nennen würde.

So konnte ich zwar ahnen, dass meine Frau mich ansah, doch meine offenen, unerklärlicherweise aber bewegungsunfähigen Augen waren geradeaus, auf irgendeinen Punkt in der Dunkelheit gerichtet: Mir fehlte die nötige Fähigkeit, den Kopf zu drehen und ihren Blick zu erwidern. Ihre Nachttischlampe ging an, vermutlich von ihrer Hand. Ich spürte, wie sie aus dem Bett stieg. Sie erschien am Fußende des Bettes. Dort war sie für mich sichtbar. Sie band ihr Haar zu einem Knoten und schlüpfte in einen Morgenrock, von dessen Existenz ich nichts gewusst hatte. Sie war so schön wie eh und je; das immerhin nahm ich wahr. Sie sagte: «Ich gehe selbst hinunter.»

An dieser Stelle wurde ich mir meiner Handlungsunfähigkeit am stärksten bewusst – weil ich mich außerstande sah zu intervenieren. Wäre dieses Unvermögen nicht gewesen, hätte ich sicherlich darauf hingewiesen, dass sie ein verrücktes Risiko einging. Ich hätte sie daran erinnert, dass es in Arizona von Schusswaffen und Schusswaffenbesitzern wimmelt. Ich hätte eine Alternative vorgeschlagen, damit sie sich nicht allein die Treppe hinunterwagen musste. Kurzum, ich hätte sie davon abgehalten.

Um es deutlich zu sagen, meine Unfähigkeit zu sprechen rührte nicht daher, dass ich meine Stimme als solche verloren hatte. Sie rührte daher, dass der Inhalt meiner Gedanken auf völlige Leere hinauslief. Ich war einem *mentalen Whiteout* ausgesetzt.

Meine Liebste verließ den Schlafbereich. Ich hörte ihre Schritte, während sie die Treppe hinunterging.

Meine Symptome besserten sich leicht. Ich sah mich in der Lage, meine Füße über die Grenze des Bettes hinauszubewegen – allerdings nicht weiter. Notgedrungen musste ich in sitzender Position verharren. *Gezwungenermaßen* wartete ich auf das Geräusch, das mir verraten würde, was als Nächstes passierte.

Und das war: eine leise Äußerung. Ganz bestimmt war es eine menschliche oder menschenähnliche Stimme. Dann trat ein kurzes Schweigen ein; dann kam eine Wiederholung der Äußerung, genauso leise. Ich hörte, wie eine Bewegung erfolgte, eine Bewegung, die ich als *schwerfällig* wahrnahm. Dann folgte eine Reihe von Geräuschen, die, so schien es, von Körperbewegungen hervorgerufen wurden, dann eine weitere, etwas längere Phase des Sprechens unter Beteiligung einer oder mehr als einer Stimme – das konnte ich nicht genau sagen. Was von wem und in welchem Bereich gesagt und getan wurde: Das alles überstieg mein Fassungsvermögen. Ich saß auf der Bettkante, das heißt, ich war immer noch ans Bett gefesselt. Dieser Zustand hielt über einen Zeitraum an, der auch im Rückblick unkalkulierbar bleibt: leise Äußerungen, die, so schien es – obwohl ich mir da nicht sicher sein konnte –, mehr als einem Sprecher zuzuordnen waren; kurze Schweigephasen; die Geräusche menschlicher oder tierischer Bewegungen; und meine eigene Stasis. Jedenfalls kam irgendwann ein Moment, in dem das Licht im Wohnbereich eingeschaltet wurde; und sehr bald danach hörte ich das unverwechselbare schmatzende Geräusch, mit dem der Kühlschrank geöffnet, und das Glucksen oder Gluckern, mit dem Flüssigkeit in ein Glas gegossen wurde. An dieser Stelle kehrte meine Bewegungsfähigkeit ebenso rätselhaft zurück, wie sie mich verlassen hatte. Ich rappelte mich auf und ging nach unten.

Jayne sitzt mit einem Glas Milch am Küchentisch. Sie hat sich angewöhnt, regelmäßig Milch zu trinken, wegen des Kalziums: Eine ihrer größten Ängste ist, dass ihre Knochendichte nachlässt und sie gebückt endet, wie ihre Mutter.

«Gute Idee», sage ich und gieße mir ebenfalls ein Glas Milch ein, obwohl meine Knochendichte nichts ist, was mir schlaflose Nächte bereitet. Ich setze mich ihr gegenüber.

Jayne hat ihr Smartphone in der Hand und scrollt. Ich warte darauf, dass sie eine SMS schickt oder jemanden anruft, weil sie ihr Gerät aus keinem anderen Grund zur Hand nimmt. Sie scrollt allerdings weiter, fast so, als würde sie sich nur die Zeit vertreiben.

Ich habe sie noch nie in irgendeiner Art von Morgenrock gesehen. Dieser hier hat ein altmodisches, braun-grünes Schottenmuster. Sie sieht darin gut aus. «Dein Morgenrock gefällt mir», sage ich.

«Danke», sagt sie. «Ich dachte, er wäre vielleicht ganz nützlich.»

Ich mustere die Umgebung. Ich sehe nichts Unnormales oder Ungewöhnliches. Ich rieche auch nichts Auffälliges.

Jayne trinkt ihre Milch aus. «Ich glaube, ich gehe jetzt wieder ins Bett», sagt sie.

«Ja», sage ich. «Es ist spät.» Ich gehe mit ihr nach oben.

Am Morgen folgen wir unserer gewohnten Routine. Ich mache Rührei und Kaffee für zwei, wir nehmen Eier und Kaffee zu uns und begeben uns in unseren jeweiligen Arbeitsbereich: Ich in das Garten-Arbeitszimmer, wo ich den Consulting-Kram erledige, der mich an sechs Tagen die Woche ungefähr fünf Stunden lang beschäftigt; Jayne ins Atelier, was ihr Name für den Bereich des Hauses ist, in dem sie ihre Drucke herstellt. An diesem speziellen Tag sind wir sehr beschäftigt, arbeiten länger und intensiver als sonst und essen mittags getrennt voneinander einen Happen. Am Spätnachmittag sehe ich nach ihr.

«Wie läuft's?», sage ich.

«Prima», sagt sie, ganz Geistesabwesenheit und Vertieftsein. Sie steht an ihrem Arbeitstisch, die Handflächen schwarz von Druckfarbe. Sie trägt die grüne Schürze, die ich so gut kenne.

Ich schaue ihr über die Schulter. «Sehr hübsch», sage ich.

Wie nicht anders zu erwarten, antwortet Jayne nicht.

«Für heute Abend habe ich an Steak gedacht», sage ich.

«Au ja», sagt Jayne. Sie liebt Steak, wenn ich es zubereite.

Also gehe ich aus dem Haus, besorge das Fleisch und bereite es zu. Ich öffne eine Flasche Rotwein. Ich serviere das Fleisch mit gegrilltem Spargel und gedünsteten Kartoffeln.

«Schmeckt dir das Steak nicht?», sage ich. Jayne hat nur einen Bissen davon gegessen. Im Übrigen hat sie ihr Essen aufgegessen – einschließlich zweier Portionen Kartoffeln.

Sie sagt: «Ich habe nicht so viel Hunger.»

«Keinen Hunger?», sage ich.

«Vielleicht später.»

Ich sage zu ihr: «Was ist gestern Nacht passiert? Als du nach unten gegangen bist.»

Jayne sagt: «Du hattest recht. Da war nichts.»

Ich sage: «Ich habe Stimmen gehört. Ich habe dich mit jemandem reden hören.»

«Ach ja?», sagt sie.

«Willst du behaupten, die Stimmen, die ich gehört habe, wären nichts gewesen?»

«Sag du's mir», sagt Jayne.

«Du warst da», sage ich. «Ich nicht. Sag du's mir.»

«Wo warst du denn?», sagt sie. «Im Bett?» Jetzt isst sie ihr Steak.

Ich sage: «Hast du jetzt Hunger?» Ich sage: «Mit wem hast du geredet?»

Jayne sagt: «Bist du sicher, dass du nicht geträumt hast?»

Es muss gesagt werden: Ich bin wütend. «Kann ich dir noch etwas bringen?», sage ich. «Ein Glas Milch?»

Ich drang nicht weiter in Jayne. Wenn ich eines nicht bin, dann ein Inquisitor. Ich beschloss, den rechten Augenblick abzuwarten. Jayne, die sehr dafür ist, dass in der Ehe über alles offen gesprochen wird, würde sich mir früher oder später öffnen. Bis dahin wartete ich damit, ihr von meiner Seite der Dinge zu erzählen, insbesondere von dem bizarren Zustand, dem ich in jener Nacht zum Opfer fiel – einem *katastrophalen neuralen Stillstand*. Meine Geschichte ging mit ihrer Hand in Hand. Ich konnte ihr meine nicht erzählen, sofern sie mir nicht ihre erzählte.

Drei Monate sind vergangen. Keiner von uns hat das Thema zur Sprache gebracht.

Die nächtlichen Geräusche sind nicht wieder aufgetreten. Es hat natürlich Geräusche gegeben, jedoch keine, die eine Störung verursacht haben. Dabei mag ich eine Rolle gespielt haben.

Bisher ist es immer so gewesen, dass Jayne, wenn wir Feierabend machen, nach oben geht, während ich noch kurz verweile, um abzuschließen, die Lichter auszuschalten, eine kurze Sichtprüfung durchzuführen und mich ganz allgemein davon zu überzeugen, dass alles in bester Ordnung ist und wir beruhigt schlafen gehen können. In letzter Zeit habe ich mir jedoch angewöhnt, nach meinem Patrouillengang, wenn ich es so nennen darf, noch unten zu bleiben. Ich sitze in meinem Sessel. Bis auf die Lampe neben dem Sessel sind sämtliche Lichter gelöscht, sodass ich praktisch im Rampenlicht sitze und für jeden Besucher deutlich zu sehen bin. Die Zeitspanne, die ich so verbringe, schwankt zwischen einer halben und einer vollen Stunde. Ich tue nichts. Ich bleibe wachsam. Ich biete mich der Besichtigung dar.

«Kommst du?», rief Jayne herunter, als ich das zum ersten Mal tat.

«Ja», antwortete ich. «Ich erledige nur noch ein paar Dinge.»

«Na gut, aber komm bald», sagte Jayne. «Du fehlst mir.»

Kurze Zeit später stand sie oben an der Treppe. «Liebster, ich schlafe jetzt bald», sagte sie.

«Tu das, mein Liebling», sagte ich. «Sieh zu, dass du eine Mütze Schlaf kriegst. Du hast schwer gearbeitet.»

«Ist der neu?», sagte sie.

«Das ist mein Morgenrock», sagte ich.

Der Morgenrock war am Vormittag geliefert worden. Als ich mit jenen Nachtwachen begann, hatte mich gestört, dass es mir an der passenden Kleidung fehlte. Wachsam einen Sessel zu besetzen war eine Beschäftigung, die weder dem Tag noch der Nacht angehörte; weder der Welt des Handelns noch der Welt der Ruhe. Speziell wollte ich am Ende des Tages meine Kleidung ablegen und trotzdem nicht nur im Pyjama unten sitzen. Die Lösung war, einen Morgenrock anzuziehen.

Einen Morgenrock zu kaufen ist gar nicht so einfach. Nicht nur läuft man Gefahr, versehentlich einen Bademantel zu bestellen, sondern man riskiert auch, etwas zu kaufen, worin man lächerlich aussieht. Nach umfangreichem Stöbern im Internet besorgte ich mir einen aus dunkelblauer Seide. Ich habe eine gute Wahl getroffen. Ich genieße es, hineinzuschlüpfen, den Gürtel festzuziehen und – weil auch das Teil des Rituals geworden ist – mir die Haare nass zu machen und zu kämmen, sodass ich unvorhersehbarerweise adretter aussehe als seit Jahren. Eigentlich bin ich eher der Jeans-und-Holzfällerhemd-Typ.

«Sieht hübsch aus an dir», sagte Jayne. Wie inzwischen üblich, trug auch sie ihren Morgenrock. Lachend fügte sie hinzu: «So ein bisschen nach Hugh Hefner.»

War das eine durchweg freundlich gemeinte Kennzeichnung? Ich konnte es nicht sagen; eine ungewohnte Undurchsichtigkeit umwölkte Jayne in jenem Augenblick. Und als sie mir zum Geburtstag Pantoffeln mit Monogramm schenkte – «Um den Hef-Look zu vervollständigen» –, kehrte die dunkle Wolke plötzlich wieder. Trotzdem trage ich die Pantoffeln mit Vergnügen. Und wenn ich dann schließlich zu Bett gehe, ist Jayne jedes Mal noch wach oder halb wach, dreht sich jedes Mal auf die Seite, nimmt mich in die Arme und fragt jedes Mal: «Ist alles in Ordnung?» Ja, sage ich zu ihr.

Wenn ich in meinem Sessel sitze, vergleiche ich automatisch alle merkwürdigen Geräusche mit denen, die uns in jener Nacht störten – die dumpfen Schläge, die Huster. Der Vergleich hat bislang kein Echo hervorgerufen. Außerdem spiele ich in Gedanken immer wieder durch, was ich hörte, als Jayne nach unten ging, und was für mich wie ein Gespräch zwischen Jayne und einer anderen Person klang, auch wenn es möglicherweise nichts war und ganz gewiss folgenlos blieb; und ich ertappe mich erneut dabei, dass ich mich auf den Tag freue, an dem sich Jayne den Vorfall schließlich wieder in Erinnerung rufen und endlich preisgeben wird, was sie in jenen langen Augenblicken erlebte, in denen ich mich in einer *regelrechten psychischen Gefangenschaft* befand, einem Zustand, den ihr zu schildern ich dann endlich Gelegenheit haben werde – obwohl es, weil Jayne sich leicht Sorgen macht, möglicherweise das Beste wäre, ich würde sie davor schützen, von einem verhaltensbiologischen Leiden von derart beunruhigenden neurophysiologischen Dimensionen zu erfahren. Es wäre nicht das erste Mal, dass ich ihr etwas verschweige. Ich habe ihr nie erzählt, dass ich, als wir uns kennenlernten, in meinem Leben einen Punkt erreicht hatte, an dem es mich zu trösten pflegte, mich in einem Zimmer umzusehen und mir genau zurechtzulegen, wie ich mich aufhängen könnte. Aus alldem hat Jayne mich gerettet.

Es ist durchaus möglich, dass sie die Nacht der Geräusche komplett vergessen hat. Das alternative Szenario ist jedenfalls sehr unwahrscheinlich: dass ihre Stummheit eine kalkulierte ist; dass sie mir die Fakten absichtlich vorenthält. So etwas sähe Jayne ganz und gar nicht ähnlich. Taktisches Schweigen kann sie nicht ertragen. Außerdem wüsste ich nicht, welchem Zweck Schweigen in diesem speziellen Fall dienen sollte; also kann es nicht zweckgerichtet sein.

Inzwischen bin ich ein ziemlicher Experte in *bionomischem Audio* geworden, wie man es vielleicht nennen könnte. Zum Beispiel habe ich gelernt, dass das Geplapper von Stinktieren dem Zirpen von Vögeln ähneln kann. Diese Art von Wissen präsentiert sich nicht auf dem Silbertablett. Es erfordert physisches Bemühen. Mehrmals habe ich, nur mit einer Taschenlampe bewaffnet, die Wohnstatt verlassen, um den Ursprung eines Geräuschs zu ermitteln. Eines Nachts, während ich einem Gewusel im Gebüsch nachging – es hätte vieles sein können: Man sieht in Flagstaff den Waschbären, den Graufuchs, die Wildkatze und natürlich das Eichhörnchen –, fand ich mich ohne Taschenlampe mitten im Wald wieder. Zwar versteht man unter einem «Wald» ein größeres, baumbestandenes Gebiet, und wir haben es hier eher mit einem Gehölz zu tun, doch mir erschien es so, als wäre ich mitten im Wald, und das mitten in der Nacht, obwohl es erst zehn Uhr war.

Es war sehr dunkel. In unserem Straßenabschnitt gibt es keine Straßenbeleuchtung, und das Ärgernis der ungewollten Raumaufhellung betrifft uns in keiner Weise. Wir haben nur eine unmittelbare Nachbarin, und ihr hinter Eichen und Buschwerk verborgenes Grundstück ist gemäß der zum Schutz des Nachthimmels erlassenen Beleuchtungsverordnung, für die Flagstaff berühmt ist, gewissenhaft entilluminiert worden. Vor kurzem habe ich mich genauer mit der Installation einer bewegungsgesteuerten Sicherheitsbeleuchtung um das Haus befasst und landete sofort in einer tiefen, furchteinflößenden Grube von Vorschriften zur Außenbeleuchtung. Jayne lehnte schon die Vorstellung ab. «Du wirst bloß einen Haufen Nagetiere beleuchten», sagte sie. Außerdem sagte sie: «Ich weigere mich, wie eine Memme zu leben», was mich zum Lächeln brachte. Ich liebe und bewundere ihre verbale Feurigkeit.

Eine «Memme», lese ich, ist ein «furchtsamer Mensch oder Feigling», was ich bereits wusste. Ich wusste nicht, dass das Wort ursprünglich «Mutterbrust» bedeutet: Der so Bezeichnete wird mit einer säugenden Frau verglichen. Interessant, finde ich.

Wo war ich? Im dunklen Wald. Doch sobald sich mein Sehvermögen an das Fehlen von Licht, von menschengemachtem Licht, angepasst hat, bin ich im hellen Wald. Es ist ein Paradox: Eben weil ein dunkler Himmel frei ist von der als Sky Glow bekannten Verschmutzung, leuchtet er überaus stark. Kräftiges Mondlicht durchdringt das hohe schwarze Blattwerk und fällt in verrückten Streumustern ins Unterholz; und es ist durchaus möglich, dass auch das Sternenlicht an dem merkwürdig monochromatischen Strahlen des Waldes beteiligt ist, das einen ungemein tarnenden Effekt hat, insofern jedes sonst deutlich erkennbare Ding – jede Pflanze, jeder Stein und jeder Fleck offenen Geländes – in ein gemeinsames Einerlei aus Schimmer und Schatten getaucht ist. Das muss die Erklärung für das seltsame Gefühl persönlicher Unsichtbarkeit sein, das mich überkommt. Ich lehne mich an einen Baum – und bin baumartig.

Dort sehe ich mich, mit meinem Kettenhemd aus Mondlicht angetan, ruhig Wache stehen, und das in einem Zustand derart extremer optischer und akustischer Wachsamkeit, dass ich ohne eine Spur von Schreckreflex nicht nur die Bewegungen der Waldgeschöpfe wahrnehme, während sie umherhüpfen, -wuseln und -flitzen, sondern durch das geschwärzte Unterholz hindurch auch die fernen Schritte von jemandem, der die San Francisco Street entlanggeht. Als mein Handy vibriert, ist es, als spürte ich in meiner Hosentasche das Erzittern der Erde.

«Liebster?», sagt Jayne. «Liebster, wo steckst du?»

Ich informiere sie.

Sie sagt: «Im Wald? Meinst du den Garten? Alles in Ordnung? Du bist schon seit einer halben Stunde weg.»

Ich wende mich der Wohnstatt zu. Ein Fenster im Obergeschoss bietet ein zauberhaftes Rechteck aus warmem, gelbem Licht. Im Übrigen hat unsere Wohnstatt teil an der Dunkelheit und dem Wald.

Ich versichere Jayne, dass alles gut ist. Etwas in mir würde gern mehr sagen – würde ihr gern von meinen Abenteuern im Silberwald erzählen.

«Komm ins Haus, Liebster», sagt Jayne. Sie klingt besorgt, wozu sie auch allen Grund hat. Sie ist eine Frau und ganz allein in einem Haus im Wald.

«Ich bin gleich da», sage ich. «Rühr dich nicht vom Fleck. Ich bin schon unterwegs.»

GANS

Ende September fliegt Robert Daly von New York nach Mailand. Er reist allein: Seine Frau Martha ist mit ihrem ersten Kind im sechsten Monat schwanger und hat sich im Norden, im Columbia County, bei ihrer Mutter verkrochen. Robert reist zur Hochzeit von Mark Walters, der am Dartmouth College sein Zimmergenosse war, seit Jahren in London lebt und eine Engländerin mit einem spannenden Namen heiratet – Electra. Electras Mutter ist Italienerin, daher die italienische Hochzeit. Robert war zwar schon einige Male in Europa, aber noch nie in Italien. Italien, erzählen ihm New Yorker Freunde, sei das schönste Land der Welt.

Robert ist froh darüber, sich im schönsten Land der Welt zu befinden. Er hat eine Aufmunterung gebraucht. Das Leben in der Bank ist in letzter Zeit richtig schwierig gewesen. Seine Einsamkeit ist ebenfalls ein Grund zur Freude, denn derzeit ist das Alleinsein eine harmlose Form der Freiheit. Doch während er in seinem winzigen, engen Mietwagen vom Flughafen Malpensa wegfährt und zum ersten Mal seit Jahren wieder einen Schalthebel in der Hand hat, ist Robert frustriert. Jedes Mal, wenn er auf eine Straße abbiegt, von der er glaubt, sie werde ihn nach Süden führen, endet es damit, dass er in Richtung Alpen fährt, die selbst zu dieser Jahreszeit schneebedeckt und in ihrer jähen, furchteinflößenden Riesigkeit ganz und gar erstaunlich sind. Irgendwann gelangt er auf die Autostrada. Dort sieht er sich trotz des in seinen Augen schnellen Tempos von

120 Stundenkilometern, mit dem er dahingondelt, ständig von aufblendenden Autos – mit rätselhafter Ausnahmslosigkeit silbermetallicfarben lackierte Autos – und schließlich von einem rasenden Rudel von Motorradfahrern in gescheckter Lederkluft bedroht. Robert weicht den vorbeipreschenden Harlekinen. Sein Platz ist auf der rechten Spur, zwischen gigantischen Lkws, die ihm Angst machen.

Sein Ziel ist Siena. Er plant einen Zwischenstopp in Florenz – laut seinen New Yorker Informanten womöglich die schönste Stadt der Welt. Die Straße führt ihn durch einen Bergzug, dessen Namen er nicht weiß. Auf der anderen Seite des Bergzuges, in der Abenddämmerung, präsentiert sich in einem Spektakel von fast schon lächerlicher Pracht Florenz. Robert lässt die Strahlenbüschel, den goldenen Dunst, die leuchtende Ansammlung von Kuppeln und Dächern auf sich wirken. Okay, denkt er, ich hab's kapiert. Ganz kurz wandelt ihn die Versuchung an, Florenz auszulassen und weiterzufahren. Aber er fährt hinab in die legendäre Stadt.

Einmal dort, wird ihm ein Strich durch die Rechnung gemacht. Volle zwei Stunden steckt er in starken, aber stockenden Verkehrsströmen fest: Zweimal kommt der Duomo in Sicht, und zweimal wird Robert in Zeitlupe hilflos fortgetragen, in ein Viertel voller schmutziger Mietskasernen. Als er endlich in den historischen Stadtkern eindringt, hält er beim ersten Hotel, das er sieht, weil es über einen Hof verfügt, in dem er parken kann, und einen Parkplatz zu finden heißt, Seelenfrieden zu finden. Der Mann am Empfang zeigt ihm ein Minizimmer mit Minifernseher und Minibadewanne. Allerdings ohne Minibar. Robert nimmt das Zimmer trotzdem, so wie er auch der Empfehlung eines nahegelegenen Restaurants folgt, die der Mann sichtlich gleichgültig abgibt. Den Wein bestellt er argwöhnisch und trübsinnig: Im vergangenen Jahr hat er kaum etwas geschmeckt. Mit achtunddreißig Jahren hat ihn eine Erkrankung der Nasennebenhöhlen heimgesucht, die ihn trotz Inhalationsmitteln und Nasensprays in einer so gut wie geruchlosen Welt zurückgelassen hat. Die Krankheit berührt ihn aber nicht in puncto Essen am heftigsten. Er riecht seine Frau nicht mehr. Er kann jene Düfte nicht mehr wahrnehmen, deren Wahrnehmung allein ihm als Ehemann zusteht.

Nach dem Essen spaziert er durch einen warmen Abend. Es ist nach zehn Uhr. Er sieht nur Touristen. Zu seinem Erstaunen kann er keine Bar finden. Stattdessen landet er, einem Schild zur Ponte Vecchio folgend – der Name sagt ihm definitiv etwas –, bei der Brücke, wo ein italienischer Gitarrenspieler Simon and Garfunkel singt. Robert denkt: Da bist du den ganzen Weg in die schönste Stadt der Welt gekommen und endest bei Simon and Garfunkel. Allerdings gesteht er sich auch ein, dass er lieber einer schrecklichen Version von «Bridge over Troubled Water» lauscht, als ein Museum oder eine Kirche zu besuchen. Was Letzteres mit sich brächte, weiß er: eine Stunde oder länger mit plappernden Menschen, die auf kunstbeflissen machen, Schlange stehen, um sich dann einem vage vertrauten Michelangelo, Botticelli oder sonst wem konfrontiert zu sehen, der auch nicht besser ist als die entsprechende Ansichtskarte. Er lehnt sich ans Brückengeländer. Er ist umgeben von amerikanischen Rentnern und verschlossenen deutschen Mädchen, an deren Rucksäcken kleine Teddybären hängen. Robert betrachtet den Fluss, den Arno: Der ist monderleuchtet und stimmungsvoll und so fort. Den Arno kapiert er.

Er geht zum Hotel zurück.

Es gibt zwei Strecken nach Siena, eine landschaftlich schöne und eine schnelle. Robert nimmt die landschaftlich schöne. Er checkt die Landschaft: Hügel, Hügelstädte und Hänge, die offensichtlich schon seit Jahrtausenden kultiviert werden. Das ist also die Toskana. Sie ist, findet Robert, einem jener Countys in Nordkalifornien nicht unähnlich. Mittags kommt er in Siena an.

Das Hotel liegt in der Altstadt, und die Altstadt, darauf hat das Merkblatt zur Hochzeit aufmerksam gemacht, ist ein komplizierter, in steilem Gefälle errichteter mittelalterlicher Komplex von Gassen und Plätzen. Robert findet einen Parkplatz außerhalb der Altstadt und geht zu Fuß zu seinem Hotel. Und was nun? Er sucht ein Lokal, wo er zu Mittag essen kann, doch ohne Erfolg: Sämtliche Restaurants haben über Nachmittag geschlossen. Also geht er eine halbe Stunde spazieren. Bis zum frühen Abend hat er nichts zu tun: Dann findet – vor der eigentlichen Hochzeitsfeier am nächsten Tag – ein Empfang statt. Ins Hotelzimmer zurückgekehrt, ruft er zu Hause an. Alles ist in Ordnung, in bester Ordnung, berichtet Martha und legt auf, ehe Robert richtig bereit dafür ist. Er liest eine Hotelbroschüre zur Stadtgeschichte durch. Vor langer Zeit, erfährt er, war Siena ein bedeutendes Bankenzentrum. Robert überlegt, wie das Investmentbanking strukturiert gewesen sein könnte, damals, als es vermutlich noch keine Konzerne gab, und wer wohl die Anleiheinhaber waren und ob deren Krisen derjenigen ähnelten, die sich im Augenblick gerade abspielt. Robert nimmt es an. Dann offenbart die Broschüre, dass Siena von einer Seuche heimgesucht wurde und seine Macht verlor. Er blättert um, aber es kommt nichts weiter.

Seuche, Machtverlust, Punkt. Das macht Robert betroffen.

Auf dem Weg zu dem Empfang geht Robert in ein Internet-Café. Er hat die Absicht, Zeit totzuschlagen. Während er seine E-Mails checkt, lenkt ihn eine Schlagzeile auf seiner Homepage ab:

5000 Jahre alte Skelette in ewiger Umarmung vereint

Die Geschichte kommt zufälligerweise aus Italien. Im Norden haben Archäologen die Überreste eines Mannes und einer Frau entdeckt, die vor fünf- oder sechstausend Jahren begraben worden sind. Die Intaktheit der Zähne deutet darauf hin, dass es junge Menschen waren. Offenbar handelt es sich selbst für Leute vom Fach, die ihr Leben damit verbringen, solche Dinge zu finden, um einen bemerkenswerten Fund. Ein neolithisches Doppelbegräbnis ist sehr selten, und überdies umarmen sich der Mann und die Frau: Das sei unverkennbar, erklärt die Archäologin, die sagt, sie sei sehr bewegt. Es gibt ein Foto. Die Skelette der jungen Menschen liegen einander zugewandt. Jedes hat die Arme um das jeweils andere Skelett geschlungen. Bei den Skeletten scheint es sich fraglos um ein Paar zu handeln.

Die Frage, die Robert in den Sinn kommt, ist, ob sich das Paar selbst so hingelegt hat oder ob die Leichname von anderen so hingelegt worden sind.

Der Artikel stellt eine zweite Frage:

Gibt es jemanden, mit dem Sie gern 5000 Jahre lang begraben sein möchten?

Es gibt ein Ja-Kästchen und ein Nein-Kästchen.

Robert lässt den Cursor über den Bildschirm wandern und klickt das Ja-Kästchen an. Die Frage ist nicht besprochen worden, aber es ist logisch, dass Martha und er die nächsten fünftausend Jahre – plus oder minus die paar Jahrzehnte ihres gemeinsamen Lebens – beieinander oder zumindest nahe beieinander liegen werden.

Die Willkommensfeier findet in einem prächtigen alten Gebäude am Fuße des Hügels statt. Robert geht zu Fuß hin. Er freut sich, dass er nagelneue Slipper und keine Socken trägt. Das Letzte, was Martha vor ihrer Fahrt in den Norden getan hat, war, ihn in ein Schuhgeschäft in der Madison Avenue zu schleppen. Jetzt siehst du anständig aus, sagte sie, als sie ihm den Schuhkarton in die Hand drückte. Der Kauf war eine große Erleichterung für sie, die Lösung eines offenen Problems. Nun, da es bis zur Geburt nur noch drei Monate sind, macht Martha überall offene Probleme aus: Das Kinderzimmer muss dringend gestrichen werden, die Steckdosen stellen eine Gefahr dar, das Gefrierfach ist nicht groß genug. Seit einigen Wochen trägt sie eine Checkliste und einen Marker mit sich herum, der einen fetten, befriedigenden Strich macht, wenn etwas zu Erledigendes erledigt ist. Robert hat die Liste kürzlich zur Hand genommen und voller Ehrfurcht gelesen. Ein aus nur einem Wort bestehender Punkt erregte seine größte, amüsierteste, verblüffteste Aufmerksamkeit. Das Wort, durch das ein Strich gezogen war, war sein Name.

Auf dem Empfang fragt sich Robert, wer aus den alten Dartmouth-Zeiten wohl angereist sein wird. Die Antwort, stellt er fest, lautet: er selbst. Entweder hat Mark das Interesse an der Dartmouth-Clique verloren oder umgekehrt oder beides. Die letzte Möglichkeit ist die wahrscheinlichste: beiderseitiger Interessensverlust. Schließlich ist Mark schon lange im Ausland. Außerdem hat er, ein Jahr nachdem seine erste Ehe endete, seinen Londoner Job als exklusiver Anlageberater für russische Investoren aufgegeben – ein Unternehmen, dessen gewaltiger Erfolg Robert erst aufging, als er hörte, Mark habe die Angewohnheit, auf Rollerblades von seiner Wohnung in Mayfair zu seinem Büro in St. James zu fahren – und drei Jahre lang hauptsächlich in Afrika gearbeitet, in irgendeiner obskuren Hilfe-für-die-Notleidenden-Funktion. Infolgedessen wurde Mark selbst ein wenig obskur, zumindest für seinen amerikanischen Zirkel. Robert vermutet, dass sein Status als einziger anwesender Dartmouthianer vielleicht auf den 2000-Dollar-Scheck zurückzuführen ist, den er einmal zur Unterstützung von Marks afrikanischem Anliegen heimlich ausstellte. Martha hätte die Spende für übertrieben gehalten, zumal wenn man den Ruf des Empfängers als Mayfairs Inline-Skater in Betracht zog.

Wie auch immer: Die Dartmouth-Clique ist nicht gekommen. So ziemlich alle sind aus London. Robert erkennt, dass er kräftig wird trinken müssen. Er hat einige Erfahrung darin, der einzige Amerikaner bei einer Zusammenkunft von Engländern zu sein.

Ein paar Wodkas später erscheint sein Freund mit seiner Verlobten – vor dem Gesetz seine Frau, weil sie sich am Nachmittag einer italienischen standesamtlichen Trauung unterzogen haben. Mark freut sich sehr, Robert zu sehen, umarmt ihn, was noch nie vorgekommen ist, und stellt ihn Electra vor. Electra fällt in die Kategorie «Schönheit», mit langen roten Haaren und langen Beinen, die sich in fast übernatürlich kleinen Schritten bewegen und Robert zum ersten und möglicherweise auch letzten Mal in seinem Leben, so glaubt er, an das Wort «elfisch» denken lassen. Er erinnert sich, dass Robert bei einer ihrer seltenen transatlantischen Kommunikationen gesagt hatte, er habe eine Rothaarige kennengelernt. Ich muss schnell handeln, die Sache in trockene Tücher bringen, hatte Mark gesagt. Tja, das hat er, denkt Robert. Er freut sich für seinen Freund und nimmt gerne noch einen Wodka.

Eins muss man den Engländern lassen, räumt Robert ein: Sie wissen, wie man eine Hochzeit schmeißt. Am Samstagnachmittag herrscht strahlender Sonnenschein, und während er in dem gecharterten Bus sitzt, weiß er bereits, dass die Veranstaltung ein Wunder an Einfallsreichtum, Poesie und Organisation sein wird.

Ort der Trauung ist ein Herrenhaus auf einem Hügel fünfzehn Kilometer außerhalb von Siena. Der Garten, der einen Blick auf fünf Täler bietet, hat eine festlich geschmückte Laube.

Robert ist der Erste, der auf einem der kunstvoll auf dem Rasen verteilten Stühle Platz nimmt. Er setzt seine Sonnenbrille auf und streckt die Beine. Er ist nicht mehr verkatert. Zum ersten Mal auf dieser Reise fühlt er sich entspannt und kann seinen Gedanken etwas freieren Lauf lassen.

Gut möglich, denkt er, dass er mit Ausnahme der Familie Walters der einzige Mensch hier ist, der schon bei Marks erster Hochzeit mit Jane dabei war.

Sie fand an einem dunklen Nachmittag vor neun Jahren statt, in einer Kirche auf der Upper East Side, die mit Baustellennetz verhängt war. In der Kirche standen in kleinen Nischen Statuen von Heiligen und Wohltätern, was einen grotesken Effekt hatte. Der Brautvater, der an Krebs litt, wurde von Jane gestützt, während sie den Mittelgang entlangkamen. Er starb in der folgenden Woche. Jane starb zwei Jahre später, ebenfalls an Krebs. Sie war klein und dunkelhaarig, ganz anders als Electra. Robert erinnert sich an die Predigt bei der Hochzeit von Jane und Mark, die Predigt, die deshalb denkwürdig war, weil Mark als einer der Ersten aus ihrer Clique heiratete (Scheiße, wie alt waren wir damals alle – achtundzwanzig? Neunundzwanzig?) und weil die Predigt selbst etwas merkwürdig Moralinsaures hatte. Sie handelte vom «Willen zur Liebe», wie der Geistliche es nannte. Der Wille zur Liebe: Robert weiß noch, wie er sich von diesem düsteren, heiklen Thema angegangen fühlte. Er hatte es im Namen des Paars sogar regelrecht übelgenommen. Noch heute, da er natürlich eine wohlbegründete Vermutung darüber anstellen kann, aus welcher Ecke dieser Geistliche kam, hofft er, sich keine Ermahnungen oder Lebensweisheiten anhören zu müssen, an die ohnehin kein Mensch glaubt und die für eine Hochzeit ganz sicher viel zu düster sind. Einmal im Leben kann man die Leute ja wohl mit diesem Zeug verschonen.

Die Plätze beginnen sich zu füllen – wie ältlich alle wirken, denkt Robert, sogar Electras Leute, die Anfang dreißig sind –, und ein junger schottischer Geistlicher trägt eine erwartungsvolle, offizielle Miene zur Schau. Mark, einen schicken Strohhut auf dem kahlen Schädel, macht nervös Konversation. Robert beschränkt seinen Gruß auf ein doppeltes Daumenheben. Dann hat Electra ihren Auftritt, in Weiß, eskortiert von ihrem Vater. Die Trauungszeremonie beginnt. Robert hört nicht richtig hin. Er ist in Gedanken wieder bei Marks erster Hochzeit.

Nach dem Gottesdienst spazierten alle zu einem nahegelegenen Restaurant. Als das Dessert serviert wurde, checkte Robert diskret sein Handy und sah, dass er drei entgangene Anrufe bekommen hatte, alle von derselben unbekannten Nummer. Er stahl sich hinaus und erwiderte die Anrufe. Wie sich herausstellte, stammten sie von der Tierklinik, in der seine Katze – Buster, ehedem die Katze seiner Schwester, die wegen ihrer vielen Reisen kein Haustier mehr halten konnte – wegen einer Darmblockade operiert wurde. Buster hatte schon mehrere solcher Blockaden gehabt. Einmal war es ein Haarballen gewesen, dann ein Stück Leder, dann wieder ein Haarballen. Er hatte drei Operationen gebraucht. Gegen Haarballen gab es natürlich ein Medikament, aber Robert hatte versäumt, es Buster zu geben. Nun also dieser neue Haarballen und diese vierte Operation.

Einen Finger in sein freies Ohr gesteckt, sprach Robert mit der Tierärztin. Er kannte die Frau vom Vortag und mochte sie nicht. Bei der Untersuchung von Buster hatte sie angemerkt, dass er Flöhe habe, und darüber die Nase gerümpft. Buster selbst war vom Untersuchungstisch gesprungen und hatte sich für das Zimmer interessiert. Dann war er weggebracht worden.

Durch das Dröhnen des Verkehrs hindurch hörte Robert, wie ihm die Tierärztin sehr angeregt erzählte, die Operation sei gut verlaufen, und erst in einer Art Nachsatz erklärte, Buster habe schlecht auf das Narkosemittel reagiert und liege – Robert musste ihr die Worte aus der Nase ziehen – im Koma.

Es handle sich um eine kurze, aber schwerwiegende Unterversorgung des Gehirns mit Sauerstoff. Robert sah sich außerstande, etwas zu sagen. Er ging hinein zu Martha, damals seit kurzem seine Freundin. Sie verließen unverzüglich das Restaurant und erreichten nach kurzer Taxifahrt die Tierklinik in der York Avenue. Man führte sie in einen Raum. Robert sah eine auf einem Tisch ausgestreckte Katze mit nach oben verdrehten Augen und von einem Tubus aufgesperrtem Maul. Die vier auf der Tischplatte festgeschnallten Beine waren auf widersinnige Weise auseinandergespreizt. Die Katze sah überhaupt nicht wie Buster aus. Sie sah nicht einmal wie eine Katze aus. Die Tierärztin zitierte irgendwelche eindeutig erlogenen und bedeutungslosen Statistiken zu den Erholungschancen des Dings. Sie ging auch darauf ein, was es kosten würde, es am Leben zu erhalten. Martha hielt Roberts Hand, während er sich das alles anhörte. Als sie begriff, dass Robert nichts sagen konnte, übernahm sie es selbst, der Tierärztin die notwendigen Fragen zu stellen. Als die Tierärztin erneut sagte, die Operation sei ein voller Erfolg gewesen, sagte Martha: Wissen Sie was? Wir wären Ihnen dankbar, wenn Sie das nicht mehr sagen würden.

Am nächsten Morgen hatte sich nichts verändert. Buster bekam den Stecker gezogen. Was die sterblichen Überreste anging, gab es verschiedene Optionen. Robert entschied sich für die Gratis-Option, den Müll. Zu diesem Zeitpunkt war Buster nämlich Müll. In den nächsten Tagen trafen handgeschriebene Beileidsbekundungen von Tierärzten ein. Desgleichen Rechnungen.

Andererseits hatte sich Martha in dieser Zeit als Fels in der Brandung erwiesen, und das war ein großes Ding.

Plötzlich stehen alle auf, um ein Lied zu singen, und Robert kommt kaum auf die Füße.

Vor Gott legen Mark und Electra ihr Gelübde ab. Als der Gottesdienst zu Ende geht, ertastet Robert das kleine Päckchen

Reis, das er schon vorher unter seinem Platz bemerkt hat. Er kippt den Inhalt in seine Hand und wirft die Körner auf Mark und Electra.

Gegessen wird im Herrenhaus. Die Namen auf den Platzkarten sind Anagramme, und Robert Daly nimmt den Platz ein, der für LADY T. BORER reserviert ist. Er findet sich zwischen einer Kolumbianerin und einem Inder wieder: Offensichtlich ist das hier der Ausländertisch. Den ersten Gang verbringt Robert damit, so zu tun, als interessierten ihn die bizarr entschiedenen Ansichten des Inders zur Zukunft des Dollar, des Euro und des Yen. (Der Inder nennt Robert Roger. Robert macht Anstalten, ihn zu korrigieren, und hat vor, darauf hinzuweisen, dass sein anagrammatischer Name kein «g» enthält, doch dann gibt er es auf. Er denkt: Roger, Robert, ist doch egal.) Während des Hauptgangs unterhält er sich mit der Kolumbianerin. Sie sprechen über Versicherungen gegen Entführung, die in Kolumbien offenbar eine Notwendigkeit sind. Ab und zu ist auch von der Gans die Rede. Offenbar ist bei der Hochzeit eine Gans anwesend. Die Gans wohnt im Herrenhaus und ist sozial sehr hochentwickelt. Sie ist ein Charakter. An Roberts Tisch scheint jeder eine Geschichte von der Gans auf Lager zu haben.

Die Reden beginnen. Sie sind alle witzig, souverän und bewegend, und Robert, der immer wieder Zeuge dieser nationalen Fertigkeit geworden ist, fragt sich, ob das Halten von Tischreden irgendwie Teil des britischen Bildungsplans ist. Mark erwähnt in seiner Rede, dass er, Robert, den ganzen Weg von New York gekommen ist. Keiner der Redner erwähnt Marks erste Frau. Es ist Electras Tag.

Die Nacht bricht herein. Man hat auf den Steinplatten der Terrasse eine Tanzfläche gekennzeichnet, und das Tanzen beginnt. Hier zeigt sich die einzige Schwäche der Hochzeitsfeier: Der Diskjockey ist Italiener, und Italiener – das weiß Robert aufgrund seiner vergeblichen Versuche, während der Herfahrt von Mailand einen halbwegs anständigen Radiosender zu finden – haben einfach kein Ohr für Popmusik. Die Tänzer müssen sich mit einer Mischung aus Euro-Hits und hyperbolischen italienischen Balladen herumschlagen. Aber alle amüsieren sich, am auffälligsten der Geistliche, der in einem Kilt herumwirbelt. Robert ist kein großer Tänzer, aber es genügt ihm, mit einem ständig wiederaufgefüllten Glas in der Hand dabei zuzusehen. Ein paar Minuten lang stellt sich Mark zu ihm und legt ihm den Arm um die Schulter. Robert sagt Mark, wie gut er aussieht. Bob, mir geht es auch gut, erwidert Mark. Mann, was geht es mir gut. Dann springt er auf die Tanzfläche und bewegt sich mit wiegenden Schritten auf seine Frau zu. Die neue Mrs. Mark Walters, sieht Robert, bewegt sich überaus geschmeidig. Das, theoretisiert er, verheißt Gutes fürs Bett. Wie hat Jane eigentlich getanzt? Er kann sich nicht erinnern. Er hat Jane eigentlich gar nicht richtig kennengelernt. Sie ist aus dem Nichts in Marks Leben getreten, dann mit ihm nach England verschwunden und dann nie wiedergekommen, weil sie dort begraben wurde, in England, obwohl ihre Familie in Maine lebte.

Auf dem Weg zur Bar stolpert Robert und stürzt beinahe. Der indische Währungsexperte nähert sich ihm wie der älteste Freund und knüpft an ein Argument an, das er vorhin über den Euro im Gegensatz zum Dollar vorgebracht hat. Robert/Roger nickt und nickt. Dann unterbricht er den anderen mit dem Wort *cambio*. Das bringt seinen Gesprächspartner zum Schweigen. Italienisch für «Wechsel», sagt Robert. Vielleicht heißt es auf Spanisch auch so. Egal – *cambio*. Merken Sie sich das Wort. Und *bureau de change*. Sehr nützlich. Vollends unausstehlich, klopft er dem Experten zum Abschied auf den Rücken. Jetzt will er tanzen.

Robert tanzt.

Als er damit fertig ist, schnappt er sich einen Stuhl und zieht ihn mit einer Hand hinter ein Gebüsch, bis er an den Rand der Hügelkuppe kommt. Das bringt er barfuß zustande. Er hat seine schmerzenden neuen Slipper abgestreift, die irgendwo hinter ihm auf dem Rasen liegen. Er lässt sich auf den Stuhl plumpsen und trinkt aus einer Bierflasche. Ein paar Meter entfernt ist ein Gefälle auszumachen; dahinter ist eine Art Abhang. Weiter weg schlängelt sich eine einspurige Straße zwischen Hügeln hindurch. Nirgendwo sonst ist menschliche Aktivität und menschliche Beleuchtung auszumachen. Die Hügel sind sehr schwarz. Da ist allerdings die Sache mit dem Mond. Der Mond ist groß, rund, hell leuchtend. Diese Hochzeit ist ein Meisterstück, denkt Robert. Sie haben sogar den Scheißmond dafür eingespannt.

Er dreht sich um: vielleicht dass er durchs Gebüsch hindurch die Frischverheirateten erspähen kann. Von ihnen ist nichts zu sehen, ja auch von der Hochzeit ist fast nichts zu sehen: Sie scheint sich wegverlagert zu haben. Er ist sich des Grases unter seinen Füßen bewusst und macht schlurfende Bewegungen, um es intensiver zu spüren. Sein Tastsinn jedenfalls ist voll funktionsfähig, und zwar so sehr, dass er die Knochen in seinem rechten Fuß und trügerischerweise auch den Fuß-Daumen spürt, den seine fernsten Vorfahren einst besaßen, der sich jedoch in gewaltigen Zeiträumen allmählich zurückgebildet hat. Er stampft mit dem Fuß auf, um die Empfindung loszuwerden, die ihm nicht neu ist. Er glaubt, dass Jane in England, weit weg von zu Hause, begraben wurde, weil sie damit gerechnet hat, dass Mark bei ihr begraben werden würde.

Er hat Gesellschaft. Es ist die Gans. Die Gans ist weiß, mit orangefarbenem Schnabel. Robert fängt den Blick der Gans auf, und die Gans starrt zurück. Er ist darauf gefasst, die Gans nicht zu mögen, stellt jedoch fest, dass er das nicht kann. Tatsächlich findet er Gefallen an ihr. Grüß dich, Kumpel, sagt er. Die Gans sieht ihn immer noch an. Ich heiße Roger.

Robert schaut in Richtung der Hügel, der Täler, was auch immer dort draußen sich verdunkelt hat. Tja, alter Kumpel, sagt Robert zu der Gans.

Er sieht sie an. Die Gans ist einfach nur da. Beim Essen hat jemand gesagt, die Gans denke, sie sei ein Hund. Nein, das tut sie nicht. Die Gans denkt nicht. Die Gans ist einfach. Und was sie ist, ist Gans. Aber Gans ist nicht Gans, denkt Robert. Selbst die Gans ist nicht Gans.

Robert kann die Gans nicht mehr ansehen. Die Gans ist Übelkeit erregend. Er wendet den Blick von der Gans ab, stellt jedoch fest, dass er nichts ansehen kann, ohne zu denken, dass alles Gans ist, dass er schon begraben ist, dass alles eine Begräbnisstätte ist, aus der niemals irgendetwas ausgegraben werden kann, er ist schon begraben zur Welt gekommen, die Luft ist bloß ein Begräbnismaterial, das Universum selbst ist begraben, sein Kind ist in Martha begraben und wird begraben herauskommen.

Gleich darauf ist die Gans verschwunden.

Die Hochzeit ist zu Ende gegangen. Vor einer Weile hat der Bus angefangen, Leute nach Siena zurückzubefördern; jetzt lacht irgendwer und ruft: Letzter Bus, Leute, letzter Bus. Robert steht auf. Ein paar Sekunden lang rührt er sich nicht. Dann geht er auf das Gelächter und die Rufe zu. Irgendwo da vorn sind seine Schuhe.

DER SCHNURRBART
IM JAHRE 2010

Sozialhistoriker werden festhalten, dass die Mode des glatt-rasierten Gesichts in der großstädtischen bürgerlichen Gesellschaft Nordamerikas zu Beginn des einundzwanzigsten Jahrhunderts ihre Dominanz einbüßte. (In der Provinz war die mit Männlichkeit assoziierte, schlichte Kombination Spitzbart-Schnurrbart schon lange beliebt und ist es bis heute.) Bartstop-peln zur Schau zu tragen galt selbst bei förmlichen Anlässen als zulässig, oft sogar als schick. Für jüngere weiße Männer, die signalisieren wollten, dass sie eine prestigeträchtige Funktion in der Kulturökonomie ausübten oder auszuüben verdienten, war ein Vollbart fast schon ein Muss. Je aufwendiger und anti-quierter der Stil des Bartes, desto glaubhafter das Signal. Kaiser Franz Joseph persönlich hätte auf den Straßen umherziehen können, ohne aufzufallen. Tatsächlich steht zu erwarten, dass künftige Kommentatoren in den für unsere Epoche so typischen Backenbart-Gesichtern eine vonseiten junger Ame-rikaner stattfindende melancholische Identifikation mit ihren selbstgefälligen und dem Untergang geweihten Pendants in Österreich-Ungarn erkennen werden. Diese Identifikation war natürlich ahistorisch. Die sogenannten Millennials wussten so gut wie nichts über das Habsburger Reich: Der hundertste Jahrestag seines Verschwindens rückte ohne ihr Wissen näher. Gleichwohl könnten unsere Nachkommen mit einigem Recht argumentieren, das heutige Amerika lasse sich nicht durch Bezugnahme auf, sagen wir, Italien um das Jahr 1920 am besten verstehen, sondern eher unter Verweis auf die komplexen politischen Widersprüche, welche die relativ wohlhabende Doppelmonarchie ein Jahrzehnt früher kennzeichneten und in vieler Hinsicht denen vergleichbar sind, die während des oben erwähnten Bartfiebers in den USA bestanden, als der Zusammenhalt eines riesigen, augenscheinlich stabilen multi-ethnischen und multikulturellen Gemeinwesens von einem philosophischen und rechtlichen Apparat abhing, der in seinem bejahrten Idealismus der verzopften dynastischen Raison d'Être Österreich-Ungarns glich. Dies alles möge als Einleitung zu dem Drama von Alexandre Dubuissons Schnurrbart dienen.

Alex, ein jüngerer Geschäftsmann (in New York sechsund-dreißig zu sein hieß, als eher jung zu gelten, wie die Zeitgeschichte verzeichnen wird), machte sich die neue Rasiernorm zunutze. Das heißt, er rasierte sich nur jeden dritten Montagmorgen. Anders gesagt, er rasierte jedes Mal einen Dreiwochenbart. Der Bartwuchs war schwarz und dicht, besonders über der Oberlippe. Das alles loszuwerden erforderte fast eine Viertelstunde des Einschäumens und Schneidens. Eines Morgens sah Alex, dass er sich versehentlich Elvis-Presley-Koteletten hatte stehen lassen. Das amüsierte ihn. Danach nahm er beim Rasieren jedes Mal dergestalt Gesichtshaar weg, dass ein komischer Wuchsrest blieb. Soul Patch; Cop-Schnauzer; Backenbart; Zappa; Bleistift; Schifferkrause; Rap Industry Standard: Alex rasierte sich in diesen und anderen Stilen.

Diese Bartformen außer Haus zu tragen kam natürlich nicht in Frage. Sie waren Insiderwitze. Doch bevor Alex den Witz beseitigte, trat er aus dem Badezimmer, um sich seiner Frau Vivienne Ferguson zu präsentieren. Viv lachte jedes Mal, wenngleich ihr Lachen stets mit einem ironischen Entsetzensschrei begann, weil Alex sich an sie heranschlich und sie zu überraschen versuchte. Das wurde einer ihrer Running Gags.

Alex' Interesse für das Scherzemachen wurde ihm in gewisser Hinsicht aufgezwungen. Er kam aus Quebec, und seine Zweisprachigkeit verfehlte im Englischen knapp den für Witzigkeit erforderlichen Standard. Die Bonmots, die ihm in Montreal ohne weiteres einfielen, waren in New York knapp außer Reichweite. Dadurch bekam seine Persönlichkeit etwas Hölzernes, was vor allem ungerecht war. Die Scherze milderten dies ebenso ab wie bestimmte Posen von skurriler gallischer Würde, die er sich zu eigen machte. So gab er vor, etwas gegen die in der Altersgruppe der unter Vierzigjährigen populäre Sitte zu haben, die Schuhe auszuziehen, wenn man eine Wohnung betrat; und wenn Freunde ihn und Viv zum Essen einluden, holte er jedes Mal mit theatralischer Gebärde ein Paar Samtpantoffeln hervor, die er dann in der Wohnung trug. Viv, die kein Französisch sprach, sympathisierte mit ihrem Mann. Sie wusste, dass er in Wirklichkeit überhaupt nichts dagegen hatte, in Socken herumzulaufen. Er wollte lediglich eine schmerzhafte Schwäche – seine Fremdheit – durch Verdoppelung in eine komische Stärke verwandeln.

Der Blick der Nachwelt wird, wenn er denn scharf ist, bei diesem Detail stehenbleiben: dem plötzlichen, seltsamen Aufstieg der Trope der «Verdoppelung». Der einst auf den Blackjack-Tisch beschränkte Begriff wurde in dieser Zeit allgegenwärtig. Für unsere Zwecke am wichtigsten ist, dass das Modewort ein neues und unheimlich schlagkräftiges, man könnte sogar sagen revolutionäres Manöver der politischen Argumentation bezeichnete. Früher war es so: Wenn Weiß eindeutig gezeigt hatte, dass eine von Schwarz aufgestellte Behauptung falsch war, dann hatte Schwarz zwei Möglichkeiten – entweder seine Behauptung zurückzuziehen oder unehrlich zu erscheinen. Jetzt hatte Schwarz noch eine dritte Möglichkeit: Er konnte seine falsche Behauptung *verdoppeln,* das heißt sie unehrlicherweise nachdrücklicher denn je wiederholen – und dennoch nicht unehrlich erscheinen. Das lag daran, dass ein Mensch, der durchschaubar böswillig handelte, kraft dieser Durchschaubarkeit nun als relativ ehrlich galt. Außerdem brachte Schwarz durch die Verdoppelung Weiß in eine unmögliche Position. Eben weil die Position von Weiß richtig war, ließ sie sich nicht verdoppeln. Weiß steckte daher in der Rolle des logisch Denkenden anstatt der des eindeutigen Lügners fest; seine Gutwilligkeit blieb zwangsläufig unklar, sodass sich automatisch eine gewisse Verschlagenheit mit ihm verknüpfte. Und schlimmer noch, jeder Versuch von Weiß, der Verdoppelung von Schwarz zu widersprechen, ließe ihn ebenso dumm wie unehrlich dastehen. Das heißt, Weiß würde als jemand wahrgenommen, der das begeht, was Logiker der Zukunft womöglich den «liberalen Trugschluss» nennen werden: nämlich von der falschen, naiven und letztlich lächerlichen Annahme auszugehen, dass die Gesetze des Denkens auf die Auseinandersetzung anwendbar sind.

Also hielt Viv ständig Ausschau nach einem nonverbalen Zeitvertreib für Alex. Als der Abend der Spendensammlungs-Auktion der Schule kam – sie hatten zwei Jungen in der Grundschule –, sorgte sie dafür, dass sie beide hingingen. Es würde ein Abend voll abwechslungsreichem, ausgelassenem Vergnügen werden.

Die Auktion fand in der Schulsporthalle statt. Das Ethos der Veranstaltung besagte, dass die Eltern sich einen leichten Schwips antranken und dann Gebote abgaben. Für die weniger wertvollen Lose fand eine stille Auktion statt; und für die wertvolleren oder abseitigen Lose gab es eine Live-Auktion, durchgeführt von einem Schülervater, der professioneller Auktionator war.

An dieser Stelle müssen wir darauf achten, eine gewisse Irrelevanz zu vermeiden. Die unbefriedigende Akustik des Veranstaltungsorts; die von den Eltern vorbereiteten, unterschiedlichen Arten von Speisen; die merkwürdige Kluft des Auktionators: Um solche soziologischen Einzelheiten geht es uns nicht. Uns ist es nur um den Vorfall zu tun, der zu gegebener Zeit zu dem Schnurrbart Anlass gab, der unser Thema ist.

Nach ein paar Drinks setzten sich Viv und Alex an den Tisch, an dem sie ihre Freunde Josh und Marie erspäht hatten. Marie stellte ihre Eltern vor – Dad und Mom nannte sie sie – und erklärte, sie seien den ganzen Weg von Illinois hergefahren. Es folgte Smalltalk.

Irgendwann legte Dad ein Bein auf einen Stuhl. Er fragte, ob bekannt sei, dass wir alle zwei Knöchel hätten. Es war nicht bekannt. Dad erklärte, er habe das erfahren, als die Ärzte ihm Stahlschrauben in den Knöchel eingesetzt hätten.

Viv erkannte, dass er eine Geschichte über seinen Knöchel zu erzählen hatte. Sie fragte ihn danach.

Dad erzählte, er sei Polizeibeamter im Wayne County gewesen. Er und sein Partner seien zu einer häuslichen Auseinandersetzung gerufen worden. Der Partner habe geklingelt. Ein Mann sei an die Tür gekommen und habe durch das Fliegengitter hindurch sechs Mal auf seinen Partner geschossen. Vier Kugeln hätten den Oberkörper des Partners getroffen, der von einer kugelsicheren Weste geschützt gewesen sei, und zwei hätten ihn weiter unten getroffen. Er habe es überlebt. Ein Querschläger habe Dad am Knöchel getroffen. So sei es gekommen, dass man ihm den Stahlkram eingesetzt habe. Es sei eine regelrechte Anatomielektion gewesen, schloss Dad.

Du meine Güte, sagte Viv. Und was ist mit dem Mann passiert?

Dad lächelte – in Richtung Alex. Dad, erzählte Viv später, habe sich immer nur an ihren Mann gewandt.

Viv sagte: Ich meine, was ist mit dem Mann passiert, der auf Sie geschossen hat?

Immer noch ohne Viv anzusehen, antwortete Dad: Ich habe schon gesagt, was passiert ist.

Viv begann ihm zu erklären, dass er das nicht habe – und unterbrach sich dann. Sie sagte: Ach so. Okay. Ich verstehe. Sie wollen mir nicht erzählen, was mit dem Mann passiert ist.

Dad lächelte erneut Alex an. Dieses Lächeln, sollte Viv später behaupten, war eines dieser Von-Mann-zu-Mann-, Nun-schau-sich-einer-die-kleine-Lady-an-Lächeln, wie sie es seit Jahren nicht mehr gesehen hatte.

Er sagte: Wie gesagt, ich habe meine Geschichte erzählt. Er zwinkerte Alex zu.

Viv lachte und ging sich noch ein Glas Wein holen.

Die Live-Auktion begann. Viv und Alex hatten nicht vor, sich daran zu beteiligen. Bei der stillen Auktion hatten sie sechzig Dollar für eine Whisky-Verkostung geboten. Offenbar würde man bei der Verkostung alles über das «Nosing» lernen, und wie man durch Schnuppern am Handrücken die Nase klärt – solche interessanten Sachen. Sie waren zuversichtlich, dass sie den Zuschlag bekommen würden. Im Jahr davor hatte ihre Freundin Krithika ebendieses Los für vierzig Dollar bekommen.

Der Auktionator kannte sich aus, war urkomisch und gab allen Spitznamen. Nach einer Weile rief er das makaberste Los auf, wie er es selbst nannte: die Dienste eines Rechtsanwalts, der einem ein Testament aufsetzen würde. Die Leute lachten und buhten.

Dad verkündete, dass er mitbieten wolle. Er wisse ganz sicher, dass seine Tochter kein Testament habe. Da werde er jetzt Abhilfe schaffen.

Marie sagte: Dad, Josh und ich können unsere Testamente selbst bezahlen.

Dad hob die Hand. Fünfzig Dollar, rief er.

Jemand bot sechzig. Dad bot siebzig. Es ging weiter, bis Dad hundertfünfunddreißig bot. Stille trat ein. Zum Ersten, zum Zweiten, rief der Auktionator.

Viv hob zwei Finger.

Morticia bietet zweihundert, sagte der Auktionator kichernd. Sir?, sagte er zu Dad. Zwo zehn?

Alex flüsterte seiner Frau zu: Was machst du denn da? Er musste ihr nicht sagen, dass sie bereits ein Testament hatten.

Zwo zehn, bot der pensionierte Polizeibeamte.

Zwo zwanzig, bot der Chef einer auf neue Medien spezialisierten Werbeagentur.

Das reicht jetzt, Vivienne, sagte Alex leise.

Höre ich zwo fünfundzwanzig?, rief der Auktionator. Jawohl! Der Gentleman-Erblasser bietet zwo fünfundzwanzig! Gut gespielt, Sir!

Bis zu diesem Moment hatte Viv den Blick auf den Auktionator gerichtet. Sie wandte sich Dad zu. Jetzt sah er sie an. Sie lächelte ihm zu. Nach Dads Gesichtsausdruck in diesem Augenblick gefragt, sagte Viv später, er habe verwirrt dreingeschaut.

Sie hörte den Auktionator sagen: Hält Morticia dagegen?

Viv hob die zur Faust geballte Hand. Dann zeigte sie in einer dramatischen Geste fünf Finger. Gejohle erhob sich, gemischt mit erschrockenem Luftholen. Ein paar Leute klatschten.

Der Auktionator fasste sich an die Krawatte. Geboten sind fünfhundert, sagte er sehr ruhig.

Von Dad keine Bewegung.

Zum Ersten, rief der Auktionator mit plötzlicher Heftigkeit. Zum Zweiten. Er hielt inne. Verkauft an Mrs. Morticia Addams für fünfhundert Dollar, rief er und ließ seinen kleinen Hammer herabsausen.

Viv ging zum Podium, um ihre Urkunde zu holen. Unter Applaus schwenkte sie sie durch die Luft. Als sie zum Tisch zurückkehrte, überreichte sie die Urkunde Dad. Das hat einen Riesenspaß gemacht, sagte sie.

Am nächsten Tag schlief Alex, der einen Kater hatte, länger. Viv, die ebenfalls einen Kater hatte, ging mit den Jungs in den Park. Als sie zurückkamen, nahm Alex gerade ein Bad.

Etwas später bemerkte sie, dass er hinter ihr stand, ein Handtuch um die Taille. Sein nasses schwarzes Haar war diagonal über seine Stirn geklatscht. Sein Bart war abrasiert bis auf ein dunkles Quadrat unter seiner Nase.

Das ist nicht komisch, Alex, sagte Viv.

Alex gab keine Antwort. In einer weiteren Abweichung von seiner Routine – schließlich war es Samstag und nicht Montag – rasierte er sich die Bürste erst ein paar Stunden später ab, kurz bevor er das Haus verließ. Man konnte sagen, dass er ihn erst abrasierte, nachdem er ihn zunächst verdoppelt hatte.

Das alles erfuhr ich ein paar Tage später aus erster Hand bei einem Mittagessen mit Viv. Aus ihrer Sicht war das Hauptthema ihr Fehlverhalten bei der Auktion, für das sie sich, wie sie sagte, furchtbar schämte. Selbst wenn man berücksichtigte, dass sie einen in der Krone gehabt habe, könne sie sich nicht erklären, was in sie gefahren sei, dass sie diesen im Grunde harmlosen und netten Mann aus Illinois, dessen Vermeidung von Blickkontakt, so erscheine es ihr rückblickend, nicht zwangsläufig ein Zeichen von frauenfeindlicher Herablassung gewesen sei, dermaßen gedemütigt habe. Und selbst wenn Dad herablassend gewesen sei (und sie glaube, das sei er schon gewesen, müsse man fairnesshalber sagen), hätte sie doch sicher ein bisschen mehr Verständnis aufbringen können für einen Pensionär aus einem Teil des Landes, der von konservativen Normen beherrscht werde – Seien wir ehrlich, sagte Viv: beherrscht von rückwärtsgewandten, grenzwertigen, bösen Normen –, von denen er sich verstandesmäßig einfach nicht befreien könne, so unterentwickelt, wie er – und das gelte für viele Vertreter des amerikanischen Proletariats – im Reich des kritischen Denkens sei.

Ich hatte Viv keine Einsichten anzubieten. Tatsächlich musste ich laut kichern, während sie erzählte, weil sie mich mit einer Anekdote über Demütigung und soziale Katastrophe unterhielt und mich nicht um meine Meinung oder Analyse bat. Was die Vignette über Alex' Schnurrbart anging, so war das schlichtweg lachhaft. Es war seine Retourkutsche für ihr schändliches Verhalten vom Vorabend, und Viv hatte selbst das Gefühl, diese Vergeltung oder Lektion vonseiten ihres Mannes durchaus verdient zu haben. Und seine pädagogische Methode war eigentlich sogar typisch für ihn und auch schön witzig, sobald man den anfänglichen Schock und Abscheu überwunden hatte.

Dieses Mittagessen fand vor sieben Jahren statt. Bis vor ganz kurzer Zeit gehörte es der Ebene des Zeitgenössischen an – der perspektivisch verkürzten Masse von Erscheinungen, von der wir umgeben sind wie in einem Wald. Doch die Zeit bewegt uns alle langsam nach oben, ins Baumkronendach. Mit jedem Augenblick, der verstreicht, offenbart sich ein unmerklich wechselndes Chronorama. Der Waldboden wird immer stärker sichtbar. Alles, was bleibt, ist das Problem, zu sehen, was dort unten ist, in der Vergangenheit.

Als ich meinem Mann gegenüber erwähne, dass ich mich unversehens an diese Episode erinnert habe oder vielmehr dass sie mit der Spontaneität und Gewichtigkeit eines Traums wieder an die Oberfläche meines Bewusstseins getreten ist, kann er sich nur noch vage an die ganze Geschichte erinnern und bittet mich, die Details zu wiederholen. Als ich das tue, bringt es ihn abermals zum Lachen – noch mehr zum Lachen, als es beim ersten Mal der Fall war.

«Die gute alte Viv», sagt er.

Es muss klargestellt werden, dass Viv und ich uns in letzter Zeit nicht so häufig sehen; unsere Beziehung, die schon immer

Schwankungen unterworfen war, macht gerade eine winterliche Phase durch. Die Gründe dafür brauchen uns nicht weiter zu beschäftigen.

«Es erscheint dir nicht anders? Im Rückblick?»

Er summt nachdenklich. «Du meinst, als eine Art Symbol? Eine Art Zeichen der Zeit?»

Das ist nicht genau das, was ich meine. «Als Hinweis», sage ich. Um nicht sonderbar zu erscheinen oder den Eindruck zu erwecken, es ginge mir nicht gut, verschweige ich, dass ich dabei eher an einen roten Faden denke, den Ariadnefaden und das Labyrinth.

Mein Mann Jerry ist ein sehr praktisch veranlagter Mensch. Seit einiger Zeit drängt er mich, mit Meditation zu beginnen. Er sieht unser Gespräch als Gelegenheit, mir diese Idee erneut aufzunötigen. Eine Dosis Achtsamkeit, findet er, würde meinen Stress reduzieren und mir sehr guttun.

Wenn ich es richtig verstehe, bedeutet Achtsamkeit, sehr, sehr genau auf die Fortdauer der eigenen Subjektivität achtzugeben. Wenn man es richtig macht, kreisen die Gedanken vor dem geistigen Auge wie Tiermodelle auf einem Karussell. Schließlich galoppieren die Pferde und Drachen ruhig von dannen.

An dieser Stelle kann ich Jerry – der übrigens einen Dreitagebart trägt – nicht beipflichten. Seit wann wird «meditieren», was meiner Meinung nach über etwas nachzudenken bedeutet, mit seinem Gegenteil gleichgesetzt? Tatsächlich bittet er mich, einen Verzicht zu leisten.

Dieses Wort – «Verzicht» –, in gewissem Sinne ein Antonym von «Verdoppelung», ist weitgehend außer Gebrauch gekommen. Laut Diagrammen, die das Vorkommen von Wörtern in veröffentlichten Büchern erfassen, wurde «Verzicht» im gesamten 19. Jahrhundert (und aus irgendeinem Grunde besonders 1813) kontinuierlich verwendet; kam Ende der 1920er Jahre in Mode; erreichte 1929 seinen Höhepunkt; erlebte gleich danach einen Absturz; hatte in der Nachkriegszeit ein Comeback und erreichte 1963 abermals einen Höhepunkt; und ist seither immer mehr in Ungnade gefallen.

Ich sage zu Jerry: «Wir können es uns nicht leisten zu meditieren. Das ist nicht der richtige Moment.»

Er lacht. «Wer sind diese ‹wir›?»

Schon richtig: Normalerweise würde sich die erste Person Plural auf mich und Jerry beziehen. Jetzt bezieht sie sich auf mich und irgendeine Menge.

Sei's drum. Ich will darauf hinaus, dass wir den Blick mit besonderer Konzentration auf Vivienne Ferguson und Alexandre Dubuisson, dieses verheiratete weiße Paar, das in New York lebt, richten müssen. Gewisse übliche Fragen – der Zustand ihrer Ehe, die Einzelheiten ihrer häuslichen und beruflichen Regelungen, kurzum der Zustand des Abenteuers obere Mittelschicht, auf das sie sich vor Jahren gemeinsam eingelassen haben – müssen, wenn nicht außer Acht gelassen, so doch zumindest an den Rand unseres Blickfeldes gerückt werden. Kümmert es uns, dass Viv und Alex für ihren Erstgeborenen, der sich bestimmten Herausforderungen gegenübersieht, wohlüberlegte pädagogische Anstrengungen unternehmen? Für unsere Zwecke nicht. Ob Viv und Alex sexuell zufrieden sind oder nicht und in welchem Maße ihren persönlichen Glückserwartungen entsprochen wird – diese Fragen können nicht in unsere Betrachtung einfließen. Unerheblich auch, dass Viv nicht lange nach den Ereignissen, auf die wir uns hier konzentrieren, die Ergebnisse einer bestimmten Blutuntersuchung erhalten und gezwungen sein wird, sehr ernst über ihre Zukunft und die ihrer Familie nachzudenken. Wir beschäftigen uns nicht mit Viv und Alex als solchen. Das können wir nicht. Sie interessieren uns nur als Geschöpfe im Untergehölz des Gestern.

Da ist Jerrys Hand, auf meiner Schulter. «Alles in Ordnung, Liebes?»

Ich berühre seine Hand. Wir sind hoch droben, in der zwanzigsten Etage. Wir können über den Fluss sehen. Wolken – Wolken ohne Eigenschaften; Wolken, die kaum Ereignisse sind; Wolken, die sich nicht von unzähligen Vorgängern unterscheiden; Wolken, die nicht in der Geschichte der Wolken erscheinen werden – nähern sich uns von Weehawken, von wo sie sich immer zu nähern scheinen. Obwohl sie sich manchmal auch von der Tappan Zee Bridge, von der New York Bay oder von der Kips Bay nähern müssen. Dokumentiert werden sollte, dass ich mir Tränen aus den Augen wische.

DIE VERSENKUNG
DER *HOUSTON*

Als ich Vater kleiner Kinder wurde, wurde ich zugleich zum zielstrebigen, unermüdlichen Opportunisten des Schlafes. Tatsächlich fungierte der Schlaf als subtiler Nenner jener Zeit. Ich sah mich imstande, praktisch überall ein Nickerchen zu machen, selbst wenn ich in einem U-Bahn-Waggon stand oder Aufzug fuhr. Ich war nicht der Einzige. Unterwegs erspähte ich überall verschlafene oder dösende Menschen, und mir wurde klar, dass eine Art automatisierter Massensomnambulismus wesentlicher Bestandteil des modernen Lebens ist; ich erlangte auch ein besseres Verständnis der Siesta, des Schläfchens und des Todeswunsches.

Dann wurden meine drei Jungs groß – wurden von tapsigen Panikverursachern zu eigenwilligen großstädtischen Dusseln, denen es an der neurologischen Ausstattung fehlt, die mit ihrem Teenagerleben einhergehenden Risiken wahrzunehmen. Mehrmals die Woche liege ich nachts wach im Bett, bis auch wirklich hinter jedem die Haustür zugefallen ist. Und selbst dann, selbst wenn sie alle wohlbehalten zu Hause sind, gibt es noch beunruhigende Vorgänge. Gegenstände werden mit beängstigenden akustischen Auswirkungen in Bewegung gesetzt. Ein quietschendes Schranktürscharnier ist ein SOS. Ein Löffel in einer Müslischale ist eine Alarmglocke.

Der Kernpunkt ist, dass ich nicht länger die Fähigkeit besitze, nach Belieben ein Nickerchen zu machen – in kleiner

Münze der Bewusstlosigkeit ein verlorenes hypnotisches Erbe zurückzugewinnen.

Infolgedessen hat die Vorstellung von *Ruhe und Frieden* eine kursivierte persönliche Bedeutung angenommen. Wer freilich kann sagen, was «Ruhe und Frieden» bedeutet? Jedenfalls bezeichnet es nicht die Erfahrung, die durch das Für-sich-Sein hervorgerufen wird. Ich kann nur eine subjektive Definition anbieten: der Zustand, in dem man sich erstens zu Hause befindet, zweitens Menschen um sich herum hat, die man um sich herum haben möchte – nicht zuletzt deshalb, weil man sich dann keine Sorgen machen muss, wo sie sonst sein könnten –, drittens in seinem Sessel sitzt und viertens die Leute um einen herum einen in Ruhe lassen.

Das Phänomen des Dad-Sessels bedarf hier keiner weiteren Untersuchung. Ich stelle lediglich fest, dass ein Moment kam, in dem das ganze Geschäft des Für-die-Jungs-Sorgens – dass sie geweckt, angezogen, gefüttert, transportiert, gecoacht, gesäubert, zu Bett gebracht, ständig vor Gefahren bewahrt und geführt werden mussten – mich veränderte. Die Veränderung führte dazu, dass ich mich mit dem Seemann identifizierte, der in starken, heulenden Winden im Golf von Biscaya arbeitet und von den Badewannen von La Rochelle träumt. Das veranlasste mich, einen schwarzen Kunstledersessel zu kaufen und ihn zu meinem Hafen zu bestimmen. Ich muss sagen, dass das ziemlich gut funktioniert hat.

Doch in letzter Zeit hat sich der Fünfzehnjährige, der mittlere Sohn, angewöhnt, mich zu stören. So sitze ich etwa da und mache irgendwelche Sachen auf meinem Laptop, da nähert er sich und nimmt mir meine geräuschunterdrückenden Kopfhörer ab.

«Was ist?», frage ich ihn.

«Hast du schon mal von den Duvaliers gehört?»

«Was?»

«Von den Duvaliers. Den Diktatoren von Haiti.»

«Was ist damit?»

«Es gibt zwei Duvaliers», sagt er. «Es gibt den Vater, und es gibt den Sohn. Weißt du, dass sie Vergewaltigung benutzt haben, um ihre politischen Gegner zu bestrafen?»

«Was?»

Er sagt: «Sie haben –»

«Ich will nichts davon hören. Ich weiß über die Duvaliers Bescheid. Sie waren fürchterlich. Ich weiß darüber Bescheid.»

«Aber Dad, ich wette, du weißt nicht Bescheid. Einmal haben sie –»

«Hör auf, mich zu belästigen!», rufe ich. «Hör auf, mich mit diesem Zeug zu stören! Lass mich zufrieden! Ich habe es erlebt! Ich will nicht darüber reden!»

Er antwortet in seinem sanften Ton: «Du hast es nicht direkt erlebt. Du hast bloß davon gehört.»

Ich verstehe, dass mein Sohn ein präzises Gespür für die Welt zu bekommen versucht, in die er demnächst eintritt – die weite Welt. Ich verstehe, dass das ein schwieriger Prozess sein kann. Ich verstehe, dass es gut ist, dass er mit diesen Fragen, die ihm alle Ehre machen, zu mir kommt und dass dies goldene Momente sind, die man auskosten muss. Das verstehe ich alles.

Anzumerken ist, dass mein Sohn ein ausgeprägter, aber kein besonderer Fall ist. Seine beiden Brüder sind genauso. Jeder bedroht auf seine Weise Ruhe und Frieden.

«Wo ist Osttimor?», fragt dieser spezielle Sohn.

«Schau es nach», sage ich.

Seine Stimme ist aus seinem Zimmer gekommen, wo er in T-Shirt, Trainingshose und Skatersocken auf seinem Stockbett liegt und auf sein Smartphone starrt. Manchmal kommt er aus dem Zimmer heraus, setzt sich auf die Armlehne meines Sessels und wirft einen Blick auf meinen Bildschirm, während er redet. Das ist ärgerlich. Was ich online mache, ist meine Sache.

Er ruft: «Weißt du, wer Charles Taylor ist?»

Darauf gebe ich keine Antwort.

Er kommt aus dem Brüderzimmer, wie wir den Raum nennen, in dem die drei Jungs zusammengepfercht sind. «Das war ein Guerillaführer. In Liberia. Er hatte eine Armee, die aus Kindern bestand.»

«Stopp», sage ich.

Mein Sohn bleibt stehen, wo er ist, weil er glaubt, ich hätte ihm gesagt, er solle nicht weiter auf mich zukommen. Aus einer Entfernung von etwa drei Metern sagt er: «Er hat die Kinder gezwungen, richtig üble Sachen zu machen. Richtig, richtig üble Sachen. Er hat sie gezwungen, ihre eigenen Eltern zu erschießen. Ich glaube, Taylor war vielleicht der Schlimmste von allen.»

Ich nehme meine Lesebrille ab und schaue ihm in die Augen. *«C'est la vie»*, sage ich zu ihm.

Meiner Meinung nach ist das eine unterschätzte Maxime. Sie ist dem Stoizismus – einer heutzutage allzu vernachlässigten Philosophie – zugehörig und hat außerdem eher emotional als logisch mit der Vorstellung des Schnees von gestern zu tun, die uns daran erinnert, dass die Vergangenheit nicht korrigiert werden kann. Diese Unmöglichkeit gilt auch für die Gegenwart. Die Gegenwart ist der Korrektur zwangsläufig entzogen. Wenn man darüber nachdenkt, ergibt schon der Begriff der Korrektur fast keinen Sinn. Man könnte sogar argumentieren, dass die eigene Zukunft Schnee von gestern ist.

Jedenfalls, eines Sonntagabends kommt der Fünfzehnjährige, mein Zweitgeborener, mein Secondo, nach Hause und verkündet, er sei überfallen und ausgeraubt worden. Ich sitze in meinem Sessel, als sich das ereignet. Ich nehme ihn in Augenschein, diesen Jungen, der knapp eins achtzig groß ist, sodass ich gezwungen bin, mich auf die Zehenspitzen zu recken, wenn ich ihm einen Kuss gebe, was ich häufig tue, obwohl es ihn ein bisschen in Verlegenheit bringen kann.

Er wirkt gefasst. Aber er sieht auch so aus, als wäre er gerade überfallen und ausgeraubt worden.

«Bist du verletzt?», sage ich.

Er schüttelt den Kopf.

«Erzähl mir, was passiert ist», sage ich.

Er war mit Freunden im LES, dem Skatepark unter der Manhattan Bridge, skaten. Dann nahmen drei von ihnen eine U-Bahn nach Brooklyn. Sie wollten an einer Stelle skaten, wo Typen wie Tyshawn Jones, Brandon Westgate und Alex Olson vor kurzem ein paar Tricks gefilmt hatten. Sie verpassten ihre Haltestelle. Und da gerieten sie in Schwierigkeiten.

«Welche Bahn war das?», frage ich.

«Keine Ahnung. Irgendeine halt.»

Früher hätte mich das fassungslos gemacht, und ich hätte mich gefragt, was für ein Schwachkopf nicht weiß, in welcher Bahn er sitzt. Aber ich bin schon eine ganze Weile Vater von Jungs.

Er trinkt gern Tee, dieser Sohn. Ich habe ihm welchen gemacht, während er redet. Er nimmt den Tee.

Um es zu wiederholen: Sie waren zu dritt – mein Sohn plus seine beiden Freunde. Drei junge Männer. Sie saßen in der hinteren Ecke des U-Bahn-Waggons. Der Waggon war fast leer, denn es war Sonntag Nachmittag. Ganz in der Nähe, zwischen den Jungs und den Türen, saß dieser Typ. Der Typ hatte eine Tasche. Der Typ sagte zu ihnen: Wollt ihr eine Knarre kaufen? Er öffnete seine Tasche und zeigte ihnen die Knarre. Die Jungs gaben ihm zu verstehen, dass sie keine Knarre kaufen wollten. Der Typ sagte den Jungs, sie sollten ihre Brieftaschen rausrücken, und steckte sie in seine Tasche. Er sprach mit leiser, ruhiger Stimme. Die anderen Fahrgäste, die potenziellen Zeugen, Intervenienten oder Helden, saßen ein ganzes Stück weit entfernt. Sie bekamen nicht mit, was da passierte.

Die Jungs taten wie geheißen. Dann sagte ihnen der Typ, sie sollten ihm ihre Telefone zeigen. Sie gehorchten.

Ich bitte meinen Sohn um eine Beschreibung des Typen.

Mein Sohn sagt mir, es sei ein Schwarzer gewesen, älter, vielleicht so um die dreißig, schwer zu sagen, wie alt genau. Er war weder dick noch groß noch klein. Er trug eine Yankees-Mütze. Er hatte Tattoos an den Unterarmen. Das waren Knast-Zeichen oder Gang Signs, sagt mir mein Sohn, als hätten er oder seine Freunde eine Ahnung davon.

Der Kriminelle beäugte die drei Telefone. Das meines Sohns war nagelneu; es war das, nach dem der Kriminelle griff. Der Kriminelle fragte meinen Sohn nach seiner PIN-Nummer. Mein Sohn nannte sie ihm. Der Kriminelle gab die PIN-Nummer ein und änderte sie. Die Telefone der anderen Jungs verlangte er nicht. Der Kriminelle sagte zu meinem Sohn, er habe jetzt alle seine persönlichen Informationen und wisse, wo er ihn finden könne. Er sagte zu den drei Jungs: Ich will euch nie wiedersehen, kapiert?

Die Bahn hielt. Der Kriminelle stieg aus.

«Der hat seine Sache wirklich verstanden», sage ich.

«Ja», sagt mein Sohn.

Ich sage: «Es wäre verrückt gewesen, irgendwelche Risiken einzugehen. Du hast dich richtig verhalten.»

«Ja», sagt mein Sohn.

«Mach dir wegen deines Telefons keine Gedanken. Wir besorgen dir ein neues. Vielleicht bezahlt das sogar die Versicherung. Aber wir müssen Anzeige erstatten.»

«Keine Cops», sagt mein Sohn; und da erkenne ich, dass der Kriminelle ihm gewaltige Angst eingejagt hat und in seinen Augen eine Person von großer Macht darstellt.

«Okay», sage ich. Ich umarme ihn und gebe ihm einen Kuss. «Gut gemacht. Du hast dich gut verhalten, mein Sohn.»

Ich nenne ihn nicht sehr oft «mein Sohn». Laut ausgesprochen, ist es ein großes Wort. Ein Wort, das ich mir für besondere Gelegenheiten aufhebe.

Ich erwähne nicht, dass ich bereits beschlossen habe, diesen Mann zu finden und ihm seine Scheißbeine zu brechen.

Das ist keine Phantasie. Mein Telefon hat eine App, mit der ich den Standort der Telefone meiner Kinder ermitteln kann. Weil Kinder ein Recht auf Privatsphäre haben, habe ich diese App noch nie benutzt. Aber das ist eine Ausnahmesituation.

Als ich die App aktiviere, erscheint eine Karte von New York. Drei Kreise – ein blauer, ein grüner und ein orangener – entsprechen den jeweiligen Standorten der Telefone. Aus irgendeinem Grund ist das ein spannendes Bild.

Das gestohlene Telefon ist das orangene. Es befindet sich in Brooklyn, Ecke Saratoga und Pitkin.

Dorthin zu fahren kommt nicht in Frage. Das wäre nicht klug. Ich werde den geeigneten Zeitpunkt abwarten. Ich warte ab, bis der orangene Kreis in mein Gebiet kommt. Mein Gebiet ist das Dreieck, das von Times Square, Penn Station und dem Port Authority Bus Terminal gebildet wird. Früher oder später kommt dort jeder durch, besonders wenn er nichts Gutes im Schilde führt.

In der Praxis bedeutet das, dass ich viel Zeit in meinem Sessel verbringe und grimmig kichernd mein Telefon anstarre. Der Orangene-Kreis-Typ oder O.K.T. wähnt sich in Sicherheit. Er hat keine Ahnung, dass ich jede seiner Bewegungen beobachte. Einen Großteil des Tages rührt er sich nicht aus seiner Wohnung in Brownsville weg – ich weiß genau, in welchem Mietshaus in der Amboy Street er wohnt – und muckst sich typischerweise erst am Spätnachmittag. Er geht nicht sehr weit.

Er wandert einfach hierhin und dahin in seinem Viertel, wie ein kleines Hundchen, das Gassi geführt wird, um ein großes und ein kleines Geschäft zu machen. Vielleicht besitzt er ja ein Hundchen.

Wenn er eine U-Bahn nimmt, gewinnt seine Kinese einen spannenderen Charakter. Der orangene Kreis verschwindet minutenlang und erscheint dann wieder, normalerweise in Downtown Brooklyn oder bei der U-Bahn-Station Fulton Street in Lower Manhattan. Dieser Loser ist so berechenbar. Gelegentlich verschwindet der Kreis bei der U-Bahn-Station Saratoga Avenue, bleibt ein, zwei Stunden unentdeckbar, worauf er sich bei der U-Bahn-Station Saratoga Avenue rematerialisiert. Mit anderen Worten, O. K. T. war gar nicht an der Oberfläche. Er war die ganze Zeit unter der Erde. Daraus leite ich ab, dass diese Fahrten einen kriminellen Charakter haben: Er nimmt eine stadtauswärts fahrende Bahn, um Leute auf der Rückfahrt nach Brownsville auszurauben. Davon lebt er.

Einmal tauchte O. K. T. an der Penn Station auf. Wie der Blitz sauste ich aus der Wohnung. Ich war nur noch einen Häuserblock von meinem Ziel entfernt, als ich sah, das er bereits in eine Bahn gestiegen war (nach Albany, wie sich herausstellte). Ich hatte ihn knapp verfehlt. Aber mein Tag wird kommen.

Ich kann dermaßen in meiner Observierung aufgehen, dass ich unachtsam werde. Der fragliche Sohn sagt zu mir: «Weißt du, was Vivisektion ist?»

«Vivisektion?»

«Ein operativer Eingriff am lebenden Tier. Als wissenschaftliches Experiment.»

Ich sage: «Mir gefällt nicht, welche Richtung dieses Gespräch nimmt.»

«Hast du schon mal von Einheit 731 gehört?»

«Einheit was?», sage ich.

Er erzählt mir – und das ist mir neu –, im Zweiten Weltkrieg hätten die Japaner tödliche Vivisektionsexperimente an Hunderttausenden von Männern, Frauen und Kindern, die meisten davon Chinesen, durchgeführt. Diese hätten in einer Einrichtung mit Namen Einheit 731 stattgefunden. Bei Kriegsende sei den mörderischen Wissenschaftlern vonseiten der Vereinigten Staaten heimlich Schutz vor Strafverfolgung und sogar vor Bloßstellung garantiert worden. Im Gegenzug hätten die Vereinigten Staaten die alleinige Verfügungsgewalt über die Ergebnisse der Vivisektionen erhalten. Offensichtlich seien die Daten auf dem Gebiet der biologischen Kriegführung wertvoll.

«Ja», sage ich. «Nicht schön.»

«Das ist wirklich passiert», sagt der Junge.

Ich sage: «Ich weiß nicht, was ich dir sagen soll.»

Das stimmt nicht ganz. Ich weiß sehr wohl, was ich ihm sagen oder worauf ich ihn aufmerksam machen könnte; nämlich dass einige der von Charles Taylor entführten und militarisierten Kinder angeblich nicht nur lernten, ihre Eltern zu ermorden, sondern auch, Vivisektionen vorzunehmen. Wenn sie auf eine schwangere Frau trafen, wetteten sie bekanntermaßen auf das Geschlecht des ungeborenen Kindes und schnitten der Mutter mit einer Machete den Bauch auf, um den Gewinner der Wette zu ermitteln.

Es besteht natürlich die Möglichkeit, dass O. K. T. gar nicht mein Mann ist. Er könnte ein Käufer des Telefons sein. Doch nach allem, was ich gesehen und studiert habe, erscheint mir das unwahrscheinlich. Nein, der Scheißkerl hat sich ein nagelneues Telefon für seinen persönlichen Gebrauch besorgt – jedenfalls glaubt er das. Wie jeder Kriminelle hat er ein Detail übersehen. Der Junge, den er bedroht und beraubt hat? Dieser Junge ist mein Sohn.

Einmal, als die Jungs noch klein waren, befanden wir uns alle in einer Flughafen-Lounge. Unser Flug hatte ein paar Stunden Verspätung. Es war Nacht. Durchs Dunkel der Fenster huschten flüchtige bunte Lichter, und die Jungs und ich verbrachten längere Zeit damit, sie zu betrachten. Nach einer Weile begannen die Kinder herumzualbern. Sie benahmen sich wie Jungs – das heißt juvenile männliche Wesen im Alter zwischen drei und sechs, um es zoologisch zu formulieren. Ein gewisses Ungestüm und Bohei kennzeichnete ihr Tun. Von meinem Platz aus behielt ich sie verschlafen im Auge, sprach gegebenenfalls ein Machtwort und fing jeden ein, der auf Abwege geriet.

Ganz in der Nähe saß ein Paar. Der Mann wandte sich mir zu und sagte: «Halten Sie Ihre Kinder im Zaum.»

Sofort war ich hundertprozentig wach. Ich stand auf und ging zu diesem Mann. Ich hielt ihm meinen Finger dicht vor die Nase. «Ich werde Sie im Zaum halten», sagte ich.

Danach hörten wir nichts mehr von ihm.

Nun muss der Mann zwar an die sechzig gewesen sein. Er stellte offensichtlich keine physische Bedrohung dar. Ihn in die Schranken zu weisen war keine große Sache. Doch es ging auch noch etwas Tieferes vor sich, etwas, das über Berechnungen von relativer körperlicher Kraft hinausreichte: Du lässt meine Kinder in Ruhe. Jedenfalls wenn ich in der Nähe bin. Mir egal, wer du bist. Du machst keinen einzigen Schritt in ihre Richtung.

Worauf ich hinauswill, ist Folgendes: Ich habe latente väterliche Kräfte. Nun kann man sagen – und ein flüsternder, imaginärer Skeptiker sagt es auch –, dass ein einundfünfzigjähriger Mann unmöglich einen tätowierten Berufsverbrecher, einen gewalttätigen Moriarty, der zwanzig Jahre jünger ist als er, fertigmachen kann. Darauf antworte ich: Abwarten und Tee trinken.

Mein nächster Nachbar ist ein Gentleman namens Eduardo. Im Lauf der Jahre hat er Gesellschaft eher gemieden. Es heißt, er sei kubanischer Herkunft. Er kommuniziert hauptsächlich über Gefälligkeitsgesten. Beispielsweise nimmt er manchmal ein Päckchen für mich entgegen und legt es mir vor die Wohnungstür, wofür ich dankbar bin. Eduardos und meine Wohnung haben gemeinsame Rohrleitungen, und wenn es zu einer Rohrverstopfung kommt, stimmen wir uns ab, was das Auf- und Zudrehen von Wasserhähnen angeht.

Einmal habe ich gesehen, wie ein Auto ihn anfuhr. Er war auf dem Zebrastreifen – er geht auf die siebzig zu und hat einen langsamen, humpelnden Gang –, und der Wagen fuhr direkt in ihn hinein. Ich rannte hin und half Eduardo auf. Von einer Verletzung war nichts zu sehen. Mein Nachbar, begriff ich, ist eisenhart.

Eines Freitagmorgens im April taucht O.K.T. am Port Authority Bus Terminal auf. Das ist nur fünf Häuserblocks entfernt. Das liegt genau auf meinem Gebiet. Ich springe auf, setze mir eine Baseball-Kappe und eine Sonnenbrille auf und flitze hinaus. Am Fahrstuhl begegne ich Eduardo.

Wir lächeln einander zu. Als wir aus dem Gebäude treten, halte ich ihm die Tür auf und warte, bis er hindurchgegangen ist. Da sagt er etwas. «Spielen Sie Baseball?»

Er spricht von dem Baseballschläger, den ich in der Hand halte.

Ich gehe zu einem Meeting, sage ich ihm.

«Ich begleite Sie ein Stück», sagt er. «Ist das okay?»

«Klar», sage ich. Ich schaue auf mein Telefon. O.K.T. hat sich nicht weggerührt.

Um es zu wiederholen: Eduardo geht stetig, aber bedächtig. Als sein Begleiter habe ich keine Wahl, als mich seinem Tempo anzupassen. Das ist etwas Neues, sollte ich vielleicht sagen. Wir waren noch nie zusammen zu Fuß unterwegs.

Neu ist zweitens, dass Eduardo eine wichtig klingende Ankündigung macht. «Heute ist der Jahrestag der Invasion in der Schweinebucht.»

«Der Schweinebucht? Aha.»

Schweinebucht, Bunker Hill, Bull Run, die Brücke am Kwai: Wem bedeutet das heute noch etwas? Wer hat noch einen Sinn dafür?

«Ich war sechzehn», sagt mir Eduardo. Er erzählt mir, er habe zu den Truppen auf der *Houston* gehört. Sein bester Freund dort habe Garcilaso geheißen. Garcilaso sei fünfzehn gewesen.

Ich bin ganz Ohr, obwohl ich mein Telefon im Auge behalte.

Eduardo erzählt, er habe sich, nachdem seine Familie aus Kuba geflohen sei, an der Georgia Tech immatrikuliert.

«Moment mal», sage ich. «Sie haben sich mit sechzehn immatrikuliert?»

«Richtig», sagt Eduardo. «Mit sechzehn.» Er erzählt mir, die Konterrevolutionäre hätten ihn in Atlanta, im YMCA, rekrutiert. «Alle anderen sind auch gegangen», sagt er. «Da habe ich mir gedacht: Warum nicht? Auf geht's.» Er fuhr nach Miami und ließ sich von der CIA anheuern. Nach zwei Wochen Ausbildung in den Bergdschungeln von Guatemala gingen Eduardo und Garcilaso an Bord der *Houston*. Man gab ihnen alte Garland-Gewehre. Weil es keine Helme gab, trugen sie Cowboyhüte.

Eines Morgens bei Tagesanbruch schlichen sich Garcilaso und Eduardo in die Kapitänskajüte. «Garcilaso hatte gehört, dass es dort M&Ms gibt», erzählte mir Eduardo. «Wir schauen uns um und finden die M&Ms. Und genau in diesem Moment sehen wir die kubanischen Kampfflugzeuge. Die im Tiefflug direkt auf uns zuhalten.»

Er lacht. Er hat schon die ganze Zeit leise gelacht.

Ich frage Eduardo, ob er und Garcilaso dazu gekommen seien, die M&Ms zu essen. Er sagt, das seien sie nicht.

Wie es scheint, ist das schon die ganze Anekdote. Erst auf meine Nachfrage verrät er, dass das Schiff bei dem Bombenangriff versenkt wurde. Eduardo musste über Bord springen, in die Schweinebucht, und an Land schwimmen.

«Ist jemand ums Leben gekommen?», frage ich.

«Klar», sagt Eduardo.

Wir haben das Ende des Häuserblocks erreicht. «Ich will Richtung Uptown», sage ich.

Eduardo gibt zu verstehen, dass er auch in diese Richtung unterwegs ist. Wir gehen los.

In der morgendlichen Rushhour ist dieses Stück der Eighth Avenue zu Fuß kaum zu bewältigen. Das Problem ist, dass eine fast undurchdringliche Fußgängermasse, ausgespien von Bussen aus New Jersey und den U-Bahn-Ausgängen am Times Square, in einer Art Stampede südwärts eilt. Das Gefühl einer großen Flucht – von verbrannten Feldfrüchten, einem zerstörten, erschütterten Hinterland – wird noch verstärkt von unter den Füßen dahindröhnenden Bahnen, den plärrenden Hupen zurücksetzender Laster, dem unordentlichen Drängeln von Imbisswagen zwischen den zum Stehen gebrachten Autos und vor allem von den seltsam leeren Mienen der entgegenkommenden Pendler, die scheinbar ohne gewöhnliches Bewusstsein sind. Das alles lässt Böses ahnen. Entweder stehen die Barbaren vor den Toren, oder wir selbst sind die Barbaren.

Was ich für einen grünen, stillen Feldweg gäbe. Was ich für das Lichtgesprenkel in einem Gehölz gäbe.

Kurzum, Eduardo und ich kommen nur sporadisch vorwärts; wir rücken ein paar Meter vor, warten auf eine Lücke in der Menge und rücken abermals vor. Ich bemerke, dass er mir etwas zu sagen versucht.

«Wie war das?», rufe ich.

Die Sirene eines Krankenwagens kreischt. Eduardo wartet, bis das Kreischen vorbei ist. «Ich gehe da rein und hole mir einen Kaffee», sagt er.

Es kommt mir ganz selbstverständlich vor, Eduardo zu folgen – obwohl ich etwas gegen dieses spezielle Deli habe, von dem ich weiß, dass es ein sehr belebter, höhlenartiger, unpersönlicher Betrieb mit unfreundlichem Personal ist. Als sich Eduardo an den kleinen Tresen am Fenster setzt, setze ich mich zu ihm, hole mir aber nichts zu trinken. Ich höre zu, als er mir erzählt, wie eine kleine Gruppe von ihnen, eine Handvoll Überlebender der Versenkung der *Houston*, einen Tag und eine Nacht lang durch die Sümpfe marschierte. Am zweiten Tag ergaben sie sich Castros Streitkräften, und auf dem Weg nach Havanna begegneten sie Che.

«Che Guevara?»

Das Fahrzeug, das die Gefangenen transportierte, hatte unvermittelt angehalten. Che Guevara und eine Genossin erschienen. Sie nahmen die Gefangenen in Augenschein und berieten sich auf Französisch, damit man sie nicht verstand. Schließlich sagte Che zu Eduardo: Wer bist du, junger Mann? Eduardo antwortete: Eduardo Sanchez de Cadenas. Che sagte: Bist du mit Hauptmann Cadenas verwandt? Ich habe keine Ahnung, sagte Eduardo.

Ich war entspannt, erzählt er mir. Meine Haltung war: Entweder sie erschießen uns, oder sie lassen es bleiben.

Die älteren Gefangenen waren nicht so entspannt. Anders als Eduardo hatten sie Che erkannt. Halt die Klappe, Kleiner, sagten sie.

Niemand wurde erschossen. Der Lastwagen fuhr weiter. Eduardo sah Che nie wieder.

«Und Ihr Freund?», frage ich. «Wie erging es Garcilaso?»

Eduardo schüttelt den Kopf – oder vielmehr, er bewegt den Kopf so, dass ich nicht weiß, was er mir damit zu verstehen geben will. Ich habe Angst davor, es zu erfahren.

Dann sagt Eduardo: «Garcilaso ist nichts passiert», und bei Gott, das zu hören ist sehr schön.

Ein, zwei Minuten sehen wir zu, wie die Welt an uns vorbeizieht.

«Wollen Sie noch einen Kaffee?», sage ich. «Ich hole mir auch einen.»

«Danke, nein», sagt Eduardo. «Müssen Sie denn nicht irgendwo hin?»

Ob ich irgendwo hinmuss? Was ist denn das für eine Frage? Natürlich muss ich irgendwo hin. Der Orte, wo ich hinmuss, ist kein Ende.

Ich hole mir einen Kaffee. Dann setze ich mich wieder neben Eduardo auf meinen Hocker.

Erzählen Sie mir mehr, möchte ich zu Eduardo sagen, sage es aber nicht, weil er sich offenbar zum Gehen anschickt. Erzählen Sie mir mehr von Garcilaso und inwiefern die Sache für ihn glimpflich ausgegangen ist.

Weitere Titel

Der Hund

Niederland